U0141058

台灣創意百科

廣告創作・1

商業設計・1

形象設計・1

包裝設計・1

出版説明

有中國人的地方，就有華文；有華文的地方就有傑出的創意。

華文創意的最大特色，在於他不僅反映東方文化的精髓、思想本質和人生哲學，更巧妙蘊含并詮釋着中國人獨有的理念與智慧。

在世界各民族文化的相互冲擊之下，中國人秉承華夏文明之傳統，將使華文創意更放光芒。

放眼國際，比照這套中國《台灣創意百科》，台灣地區源源不絶的創意文化，已經開始蔚爲光芒。

現今的創意潮流是由過去的累積及他人的經驗而來，《台灣創意百科》的出版，就是爲了大陸創意同仁走更遠的路。

《台灣創意百科》正是所有走在潮流尖端的創意人回顧與前瞻，學習與溝通的工具。

《台灣創意百科》的出版，是我們嚴格按照政策有關規定一是内容上不能反對國家的政治制度，二是不能違背"一個中國"原則，經過嚴肅認真的審讀，原書凡是"政府單位"、"中華民國"、"民國"、"國家"、"台獨"等有關内容均已删除，現以嶄新的面貌呈現給廣大讀者的。編輯過程中，有損原作精神或作品不盡完整之處，還望作者與讀者諒解。

《台灣創意百科》的出版，得到了台灣設計家文化事業有限公司的大力支持。基於中華民族之同一血脈，出版同業之情誼，更爲達到文化交流，促進海峽兩岸創意水平之提升，王士朝先生傾力而爲，藉此致以深深謝意。

台灣創意百科
商業設計・1

企劃編輯：台灣印刷與設計雜志社
總 編 輯：楊宗魁
編輯指導：王士朝
責任編輯：章小林　李　克

出版發行：湖南美術出版社
地　　址：長沙市人民中路103號
經　　銷：湖南省新華書店
製　　版：台灣彩色製版印刷
印　　刷：深圳市彩帝印刷實業有限公司
開　　本：890×1240　1/16　印張：10.5
2000年10月第一版　2000年10月第一次印刷
印　　數：1-3000册
ISBN 7-5356-1444-2/J・1361

定　　價：90.00元

英文縮寫本義

PL	企劃(Planner)
CD	創意指導(Creative Director)
AD	藝術指導(Art Director)
D	設計(Designer)
P	攝影(Photographer)
I	插圖(Illustrator)
C	文案(Copywriter)
AG	製作公司(Agency)
CL	客户(Client)
FD	導演(Film Director)
SV	監製(Supervisor)
PD	製片(Producer)
CA	攝影(Cameraman)
L	燈光(Lighting)
FE	剪接(Film Editor)
AU	録音(Audio)
PR	影片製作(Production)
CG	電腦動畫(Computer Graphic)

台灣創意百科

商業設計・1

目 錄

編輯組織

●召集人

王士朝

設計家文化出版事業有限公司發行人兼總經理
印刷與設計雜誌發行人兼總經理
輔仁大學應用美術系兼任講師
台灣印象海設計報聯誼會1995年會長

●總編輯

楊宗魁

設計家文化出版事業有限公司總編輯
印刷與設計雜誌總編輯
台灣美術設計協會秘書長

●編選委員

廣告創作・1

丁郁文

國華廣告事業股份有限公司副總經理

王懿行

奧美廣告股份有限公司執行創意總監

何清輝

黃禾廣告股份有限公司總經理
4A廣告人聯誼會副代表
台灣美術設計協會常務理事

吳錦江

米開蘭創意設計有限公司總經理

商業設計・1

王行恭

王行恭設計事務所負責人
東海大學美術系講師

王明嘉

王明嘉平面設計事務所負責人
實踐設計管理學院室內空間暨工業設計系講師

程湘如

頑石設計事業有限公司創意指導
台灣平面設計協會常務理事
台灣平面設計協會會刊發行人

樊哲賢

紅方設計有限公司設計指導

形象設計・1

林磐聳

台灣師範大學美術系副教授
登泰設計顧問有限公司顧問

張百清

智得溝通事業股份有限公司總經理
台灣企業形象發展協會副理事長
中國文化大學廣告系兼任講師

廖哲夫

楓格形象設計有限公司負責人
統一企業美術顧問
台灣平面設計協會顧問

蕭文平

聯文設計股份有限公司總經理

包裝設計・1

柯鴻圖

竹本堂文化公司總經理兼創意總監

鄭志浩

富格廣商企業有限公司負責人

簡櫻青

奧美廣告股份有限公司設計指導

蘇宗雄

檸檬黃設計有限公司負責人
中國文化大學美術系副教授
華得廣告股份有限公司藝術顧問

●編輯顧問

林春結

尚意廣告事業有限公司總經理
台灣美術設計協會理事長

楊夏蕙

靜宜大學企業管理系CI講師
嶺東商專商業設計科講師
廣西藝術學院客座教授兼廣告分院名譽院長
台灣省立美術館展品審查委員

鄭源錦

台灣對外貿易發展協會設計推廣中心主任

羅文坤

台灣政治大學廣告系副教授
中國文化大學廣告系副教授
太笈策略傳播股份有限公司顧問

序文
衝刺前，請先體檢自己
——爲台灣設計界的病因把把脉

時間過得真快，一轉眼 1995 年又近尾聲，回頭看看這幾年的台灣設計界，到底變化了些什麽？

四年前，我們出版了《1991 台灣創意百科》全套五册年鑑有：《廣告創作年鑑》、《商業設計年鑑》、《包裝設計年鑑》、《插畫創作年鑑》、《專業攝影年鑑》。出版後，對台灣甚至大陸都引起了不小的良性反應。

而這五年中，台灣和香港、大陸的設計交流活動，年年都不斷增加；台灣本地也新成立不少設計相關團體，設計的展覽也比以前多；更創設設計獎來鼓勵業界，而參與國際設計競賽也都能得到佳績；并出版了不少本土設計師的作品集，自海外學成歸國的設計專業人士不少；再加上電腦化取代大部份傳統設計技巧，每位設計師的思考方式更自由化、現代化、個性化；整個設計界充滿着無比的活力，也處處表現力争上游的旺盛企圖心，總體來説，台灣的設計界是進步了。

但不可諱言，現存于台灣設計界的一些缺點，尤其是我們所熟悉的平面設計業中，實在還有太多值得大家提出來檢討的，希望從事平面設計的朋友們能痛定思痛、好好反省，在未來的五年内改善，以便在公元 2000 年來臨前，台灣的設計能力能以全新的面貌，去迎接二十一世紀，而步上國際設計先進之列。

普遍存在的缺點：

●自大——從事設計工作的朋友，由于是以創意爲重點，凡事都要求有新點子，因此也比一般工作的上班族在思維上走得快，具有領先群倫的優越感，對同事或相關配合工作的廠商、客户，自然而然會流露出“自大”的心態，甚至瞧不起别人的眼神，這在業務合作上，絶對是百害無一利。

更有甚者，在同是設計業的朋友中，也常會出現一些自視甚高，自認爲自己是頂尖角色的人。他們或許會是年資深、喝過洋墨水、常得獎、關係好、業績高、挾外商自大，總是以爲自己的作品無懈可擊，别人没資格批評，樣樣目空一切地刻薄他人，這在同業中必定會自食惡果。

●自私——每一個人都難免有私心，但是私心如果過頭，處處只顧到自己的利益，而不去體諒他人的處境，那麽在同業間就會孤掌難鳴。

一個具有現代觀的平面設計工作者，雖然可自恃有好的專業能力和豐富的工作經驗，但是要走上真正的成功之路，尚且需要周邊各項專業分工的配合，因此如何適當地結合自己所欠缺的專長，以達分工合作的最佳成果，就要先去除“自私”的惡習。

所以，在同業競争中，不論是業務、資訊、技巧、心得，只要能够互相交流，大家最好能開誠布公、不藏私、不中傷，能够從小處做起，漸漸以設計業的大好未來爲努力方向。

●自卑——比起上面的自大和自私，一種自怨自艾的“自卑”心態，最是要不得。有了這種壞習性的朋友們，常常會自認輸人一等，凡事不求上進地自我逃避，總是認爲自己技不如人、生不逢時，老天無眼没有好好照顧到他的生命，天天無精打采、事事馬虎地得過且過。

這種心態，表現在對國外的設計同業時，總

人絶對贊成用中國傳統器物等作爲設計的圖案(Motif),也樂於見到高妙的構圖形式,可是這些幾近千篇一律的“自動化生產”模式,似乎有違設計的創作理念和設計者的專業責任。杉蒲康平先生曾經在德國 Ulm 設計學院受到最嚴密的科學加藝術的熏陶;王行恭先生在外雙溪混了一陣子,再加上他本身近乎專業水平的古董及古物收藏知識背景,他們在表現東方及中國式設計作品上,對圖案選擇與構成形式安排的準確度和必要性,相信絶非當下一大堆無意識、表象堆積的“中國藝品”可以相提并論。

離公元 2000 年只剩下五年。所謂中國人(或台灣人或台北人……)的設計必須是具有內在生命,能够表現時代意義的設計——不管它是光着屁股,唱着 Rock’N Roll,還是手提二胡,身穿長袍馬褂。總之,我們要看的是“真”的,而不是“裝”的。

“21 世紀是中國人的世紀”是偉大的預言還是天大的笑話,大家看着辦吧!

王明嘉/商業設計年鑑編選委員

説,編年鑑

——《1995 台灣創意百科》執編紀要

記得五年前首度規劃編輯《1991 台灣創意百科》的時候,我們有兩個主要動機,第一希望出書賺錢,其次則想替台灣設計界編印一套屬于台灣本地的創作系列全輯,以紀録同業幾年中的努力成果,并作爲與外界的交流來使用。

結果,等書出版之後才發覺,或許是求好心切及用心過度,執編的時間竟然超過原計劃的兩倍。固然書是編得不錯,也於第二年榮獲 1992 年度台灣圖書出版金鼎獎,同時普獲海内外業界的肯定與讚賞,在精神上雖感受到一點安慰,但由于執行的時間太久、投資過大,原預期的利潤却没有得到。相對地也讓我領悟到,一項如此龐大的編印工程,在執意想以關愛同業的熱忱用心執編,而又想能兼顧替公司賺取合理利潤,實非想像中的容易。

去年六月再次籌編《1995 台灣創意百科》全輯六本年鑑,我們同樣又訂定了兩項目標,第一希望本輯編得比 1991 年版更好更具特色,第二能按進度執行以確實掌控時效。結果仍然是熬了一年多才完成出版;對已有兩次實務經驗的執編者來説,也只能徒乎無奈!

而就其延遲出版原因分析,乃在於我們又患了"好,還要更好"的毛病,往往對每一項結果或品質的用心要求,便得多付出時間與心力。

一、内容及資料彙總:爲顧及年鑑的代表性、完整性及更具實用性,本輯創意百科特别由原有的廣告創作、商業設計、包裝設計、插畫創作及專業攝影五本年鑑,另增加了一本《形象設計年鑑》,使全套成爲六册;編輯形態則除了插畫、攝影以個人方式編録外,餘全改爲按作品分類詳細介紹,以提高使用價值。尤其針對許多圖片原件不良或相關資料不完整者,我們均用心再三追詢補正,或派員洽取實物重拍正片,及 CF 作品全部重新代爲輸出相紙等……無形中浪費了太多時間。

二、作品選録:爲了客觀、公平起見,在作業上我們特别安排經由所有作者公開票選了 24 位編選委員,針對這次參加的九千多件作品,按各册分類、分組以近三個禮拜的時間進行多次審議,再由執編小組整理篩選出三千餘件作品,共計一千多位作者刊録介紹。

三、印製方面:爲了追求最好,也希望努力的成果更令人激賞,對最後的製版印刷執行,我們亦非常審慎地挑選了島内最具代表的六家 A 級廠商,分別負責六册年鑑承印,并依各種原稿做多次試樣修正,務使作品的重現效果更爲精緻,其中包括廣告年鑑作品特別調線條去底再合成彩色圖片製作、形象年鑑的標誌部分全按標準色配色并加印金銀特別色、攝影年鑑全册作品採用島内最新引進之水晶網點特別印製,同時全套一千多頁作品更不惜成本按其圖面加印局部亮油表現,裝訂上也采取全自動化製作及外加精美書盒套裝,以便于永久典藏。

綜此上述編印特點及我們的努力,無非就是想把一件事用心做好,讓台灣留下一些好的記録,也算答謝這段期間關心與支持我們的協力廠商和同業朋友。

楊宗魁/1995.台灣創意百科總編輯

狗嘴可以吐出象牙嗎

——1995《台灣創意百科·商業設計年鑑》編選評析

商業設計,大概是此次六大徵集作品項目中最複雜,也是最難以界定範圍的一個項目。想當然,設計者所要考慮的創作因素和要求也一定諸多複雜,若非親身訴説,很難爲外人所能了解。因此,作爲編選委員,我們除了要在自我認知差异上作協調與争執之外,還必須時常設身處地爲作品的創作背景因素考慮。也因此有不少同一作品,在四位編選委員筆下,却有着全然不同的評定等級(A 到 D)。不過從絶大部份作品的相同評定和許多全 A 及全 D 的作品上,却也同時顯現出英雄所見還是有雷同之處。整個編選過程最教人痛快的是——一切大公無私。我給本人至少三件作品 C,也給王士朝兄二個 C;同時也不避嫌地給坐在對面苦幹的程湘如阿姨數個 A。如果還稱不上完美的評定,至少我們已經做到無私或公平的評定了。

談到整個商業設計作品的水平,從 1825 件送選作品中,可以隱約感覺到,台灣的平面設計界已經開始從早期 Layout 的階段,逐漸往 Design 的方向移動了。更難得的是,偶爾也可以跳出一兩件嘗試性,甚至帶有一點點批判意味的作品。不過總的來説,絶大部份評定爲所謂 A 的作品,基本上還 在印刷技術的層面上打滚,真正能够在 Concept 上做比較精確肯定表現的幾乎等於零。不過,以台灣先天上,客户觀念腐爛,設計者態度靡爛的事實情況下,能有這種成績,或許也是做到客觀"反應事實"的努力了。只是筆者擔心目前這種誤認印刷效果爲"視覺意義",拿"電腦特技"當"平面設計"的現象,可能在一時之間會混淆設計界本身及商家客户的認知與理解。同時,目前有一股流行趨勢,表面上看似創意十足,表現上好像凶悍大膽的設計作品,甚囂塵上。那種一心想模仿國外作品中目中無人的架勢,顯露無遺。如果把這種架勢當作自我訓練,往更專業的水平推進,自是另一種值得鼓勵的態度,但是,如果誤把國際梅毒當世界品質,那除了笑破人家大牙之外,就是再次暴露台灣典型從自卑變自大的畸形模式。事實上,没有任何一種工業或學問是可以完全抛棄技術,只靠 Idea 就可以成立或升級的。在一個意識形態剛剛鬆綁的地方,所謂的 Idea 産生 最容易不過了(一個人 10 天不大便,不上厠所,當然會撒得滿坑滿谷)。原始的本錢只要解放就有;成熟的設計則需要後天不斷地演練。Practice Makes Perfect。

另外,在編選過程中,有一個現象值得提出來談談。有相當多的作品以所謂的"中國式"的形象出現,尤其許多文化類海報或刊物封面,更是這裏挂一條中國結,那邊貼兩塊窗花;左上角一條長長的文字串,右下角三個斗大的毛筆草書……這一類看起來"養眼",講起來有民族自尊的作品。自從早期日本設計名家杉蒲康平先生《銀花》雜誌裏的極妙編排形式驚豔於台灣平面設計界,并由王行恭先生加以發揚光大之後,成績斐然,大有讓人有一種"中國"形式的設計終於找到出路的興奮。只是這一類本來最討好的樣式,現在看起來,却有一種討厭的感覺,甚至噁心。本

認爲外來的和尚會念經,什麽都是好的,而對島内的同業,也不敢提出自己的任何看法,處處顯得小家子氣,好像永遠長不大,可是背地裏又會説他人的不是。

在設計同業的公平競争下,誰能提出最適當的答案,誰就可獲得應有的掌聲,如果一直自卑就永遠是可憐蟲,在此奉勸他早點離開設計界,去重新思考從事别種工作。

●自殺——這是一種最不可理喻的行爲,也是不能原諒的瘋狂舉動,它混合了上面的三種不正常之心態:自大、自私、自卑。發生在設計業界的后果,是亂七八糟的現象,也永遠得不到同業的同情。

有這種心態者,他常常不按牌理出牌,看到客户好欺侮,就以高價坑客户;看到同業要競標,就以賤價去搶標。而在設計作品的品質上也不要求,就如同台北的計程車,横衝直撞硬闖紅燈,幾乎没有自律可言,只要他需要,什麽三流招術都可要,擾亂得同業間鷄犬不寧,最後害得兩敗俱傷,有點像粥中的老鼠屎、害群之馬,應該人人喊打。

舉出以上"四大病因",想一想真是令人心痛,這或許是海島型的台灣地狹人稠,大家爲求生存而争食小餅的惡劣結果吧?

回首再讀自己于《1991 台灣創意百科》卷首的序文《梳粧前,請先擦亮鏡子——爲台灣創意人的胸懷與態度進一言》,内容曾提到做人的胸懷是博愛心、平常心、包容心,做事的態度是創意、誠意、滿意。現在反省一下,似乎有些改善,也似乎改善得不多。五年一晃就過去,説長不長、説短不短,這五年中,台灣的設計界,樣樣是有進步,但是又進步得不够明顯,有點像蝸牛,猶猶豫豫地度日如年,真是可惜。

我們這次更花盡九牛二虎之力,總要把《1995 台灣創意百科》做到完美無缺的地步,因此由原來全套五册的年鑑增加到六册,即《形象設計年鑑》,以更完整地保存台灣這個年代内所能挑選出來的最佳作品,爲日後檢視台灣設計史迹的明證。

這套《台灣創意百科》的出版,是我們能爲台灣設計界所做的一點貢獻,我們不敢言大,但總是略盡綿薄;也不去計較他人的質疑,只要是能爲台灣出力的,身爲台灣設計工作者的一份子,每個人都應當盡全力地去愛台灣、疼惜設計界!

我們生于斯、長于斯,受恩受惠于斯,就要有飲水思源的感恩之情,雖然愛之深、責之切,可是能有針砭之舉,對大環境、大未來都絶對是值得,希望同業間能清楚體會出,不怕有缺點,只怕不去改善缺點,如此就不枉費您看完本篇拙見了。

末了,我們還是得感謝大家對本公司——設計家文化出版事業有限公司和印刷與設計雜誌的愛護,不論是提供卓見、佳作還是贊助廣告、幫忙印製等等盛情,在此,我們都將永銘五内、念兹在兹!

王士朝/1995 台灣創意百科召集人

作品
Works

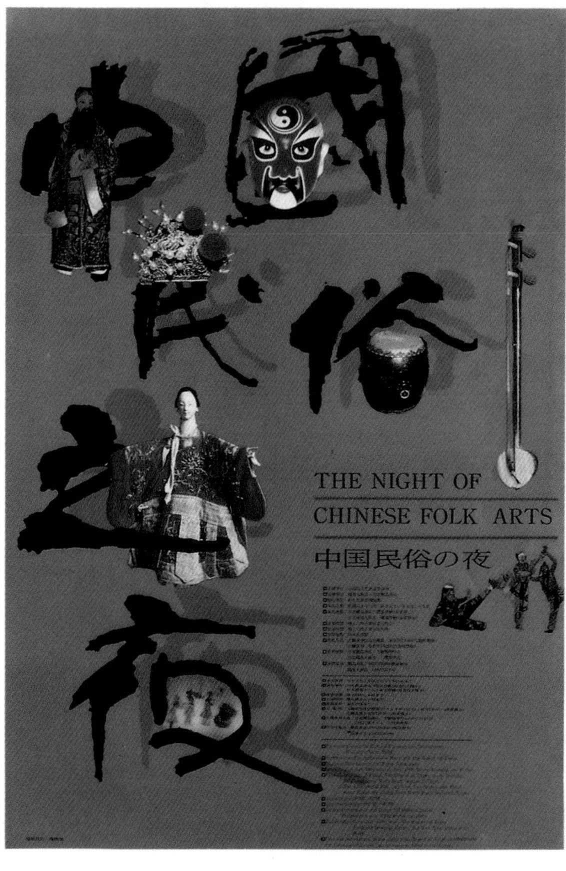

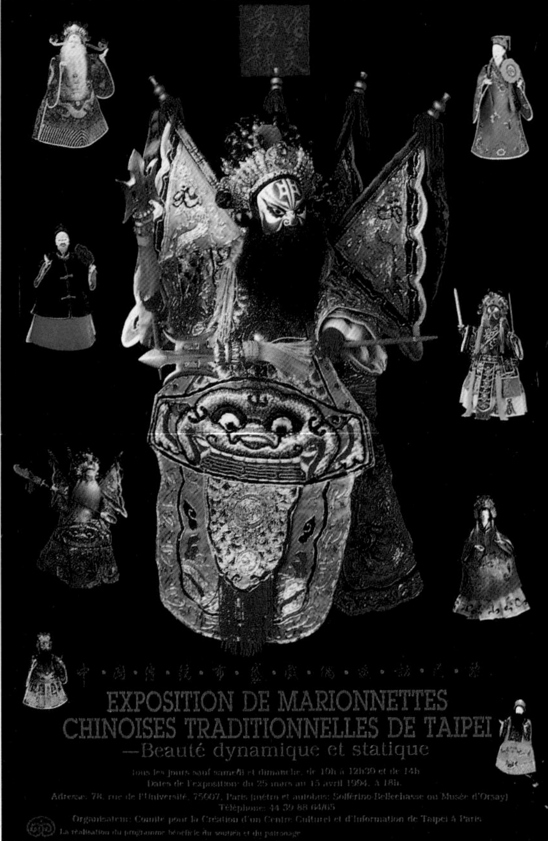

台北民族舞團海外巡迴演出
AD 楊勝雄
D 楊勝雄
P 李銘訓
AG 綠手指文化事業公司
CL 台北民族舞團

中國民俗之夜
AD 楊勝雄
D 楊勝雄
AG 綠手指文化事業公司
CL 台灣文化建設委員會

小西園掌中劇團法國公演
AD 楊勝雄
D 楊勝雄
AG 綠手指文化事業公司
CL 台灣文化建設委員會

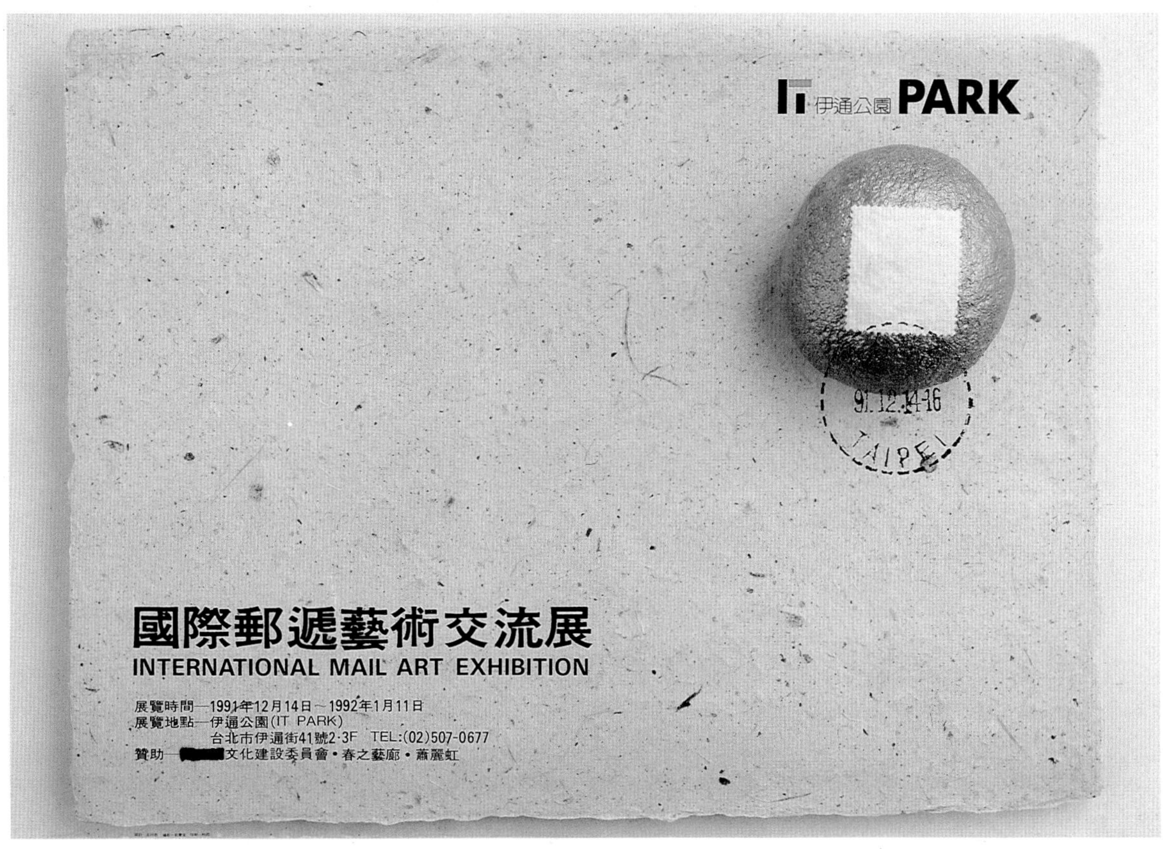

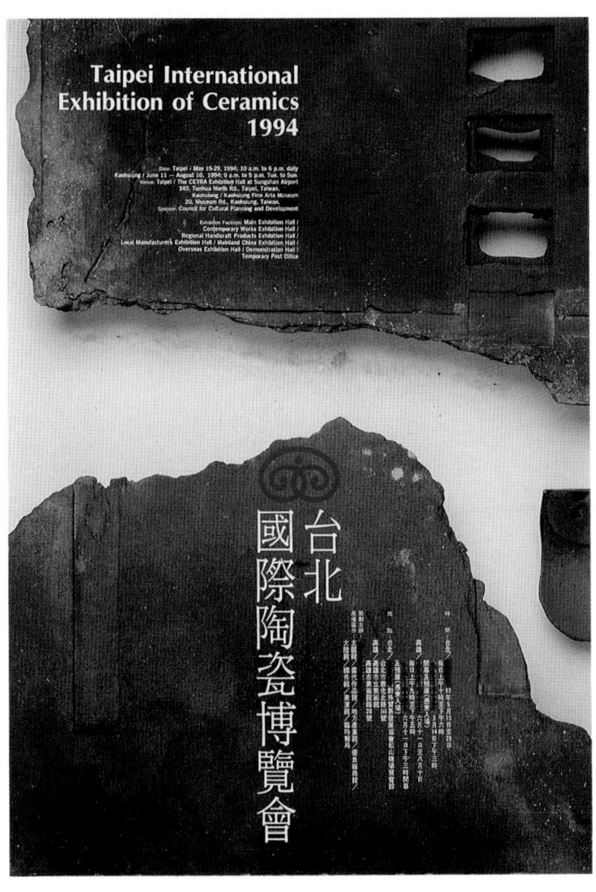

1991國際郵遞藝術交流展
CD 王行恭
D 王行恭
P 劉慶堂
AG 王行恭設計事務所

1994台北國際陶瓷博覽會
CD 王行恭
AD 王行恭
D 王行恭
P 劉慶堂
AG 王行恭設計事務所

加州州立大學藝術設計展
AD 劉家珍
D 劉家珍
AG Visual Mix
CL 美國加州州立大學

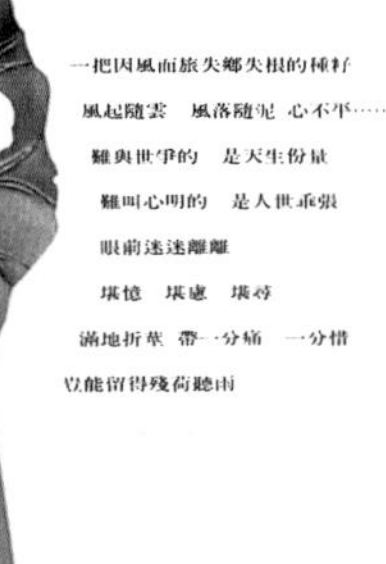

一把因風而旅失鄉失根的種籽
風起隨雲　風落隨泥　心不平……
難與世爭的　是天生份量
難叫心明的　是人世乖張
眼前迷迷離離
堪憶　堪遠　堪尋
滿地折華　帶一分痛　一分惜
豈能留得殘荷聽雨

清圓不再　落紅無情
枯去的蓮蓬
掏乾的心　不禁黯然撫笑果
邂逅　纏綿　一路行去　守愚抱一
且把襲捲當快意
難除一切苦　難澄一懷慮
荷若有情莫笑我

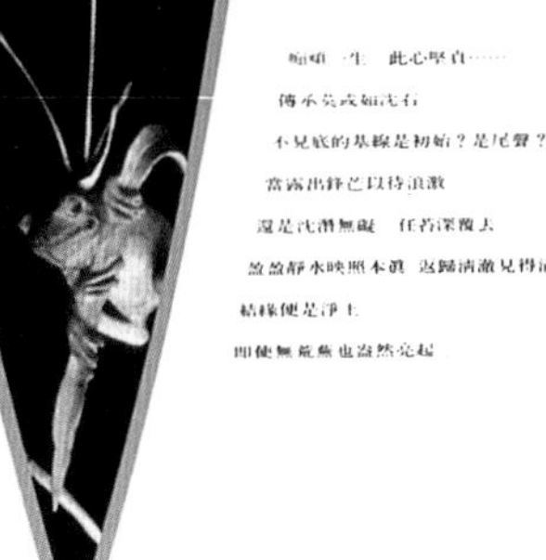

蹣跚一生　此心堅貞……
傳承莫或如沈石
不見底的基線是初始？是尾聲？
當露出鋒芒以待浪激
還是沈潛無礙　任苔深覆上
盈盈靜水映照本貌　返歸清澈見得清明
枯株便是淨土
即使無花蕉也盎然亮起

吳非木作個展　展出時間／十月一日～十月十二日　展出地點／新光三越百貨公司九樓文化廳

工作坊

吳非木作個展
AD　李根在
D　李根在
AG　李根在平面設計工作室
CL　力源工作坊

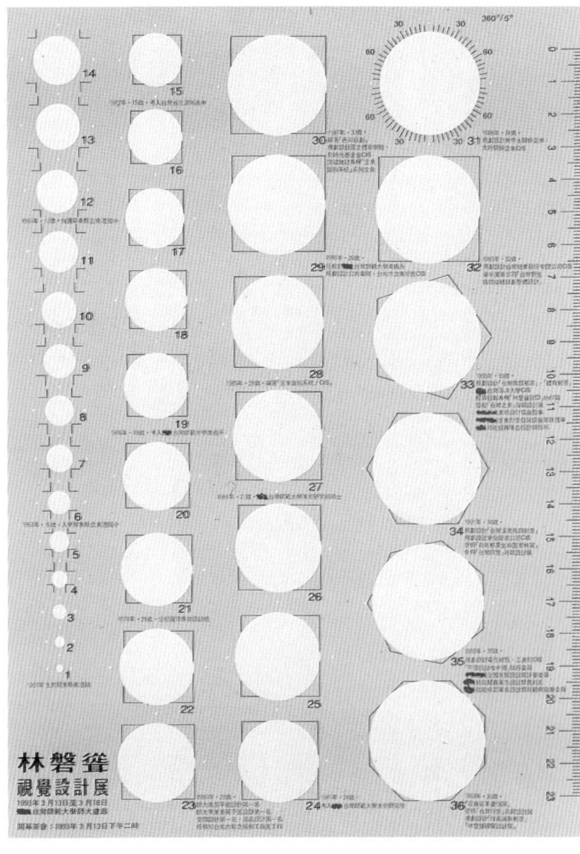

1991新年郵票生肖圖案特展
CD 林磐聳
D 林磐聳
AG 登泰設計顧問有限公司

林磐聳視覺設計展
CD 林磐聳
D 林磐聳
AG 登泰設計顧問有限公司
CL 林磐聳

海峽兩岸版畫交流展
CD 楊國台
AD 楊國台
D 楊國台
AG 統領廣告公司

鄭志仁自覺攝影展
CD 陳俊良
AD 陳俊良
D 陳俊良
D 鄭志仁
C 陳俊良
AG 自由落體股份有限公司

邵飛台北凱悅國際展
CD 許富堯
AD 許富堯
D 許富堯
AG 富凱創意設計有限公司
CL 卡門國際藝術中心

朱銘太極作品展
CD 楊燿州
AD 何志浩
D 何志浩
AG 首席廣告有限公司
CL 三愛創意藝術中心

16

1991台北金馬國際影展
AD 游明龍
D 游明龍
AG 國華廣告事業(股)
CL 金馬影展執行委員會

公視節目坎城影展
CD 李男
AD 李男
D 楊舞林
I 楊舞林
AG 李男創意工作室
CL 廣播電視發展基金會

1994台北燈會
CD 潘順添
D 張晉嘉
P 劉家誠
I 張晉嘉
AG 華威葛瑞廣告(股)

文大美術學系24屆畢業展
CD 黃聖文
AD 黃聖文
D 黃聖文
I 黃聖文
AG 黃聖文工作室
CL 中國文化大學美術學系

台灣區前輩美術家書法特展
D 張恕
AG 台灣省立美術館
CL 台灣省立美術館

舞蹈空間1992展演
D　吳慧雯
P　劉振祥
AG　皇冠雜誌社
CL　皇冠雜誌社

台南家專服裝設計科畢業展
CD　蘇建源
AD　蘇建源
D　蘇建源
P　蘇建源
AG　新生態藝術環境公司
CL　台南家政專科學校

優人神鼓全省巡迴演出
D　徐偉
P　潘小俠
AG　徐偉工作室
CL　優劇場

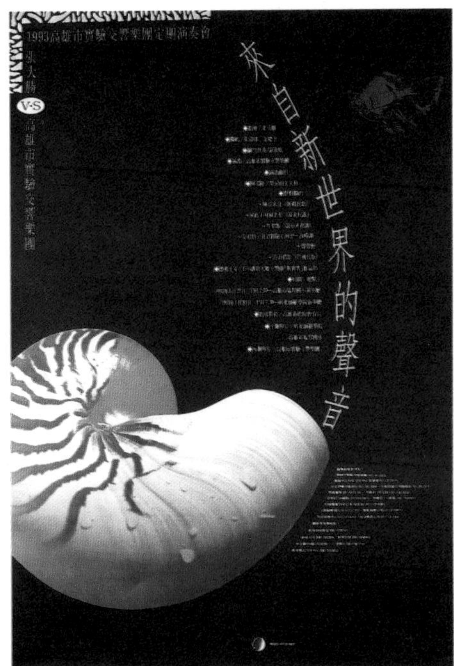

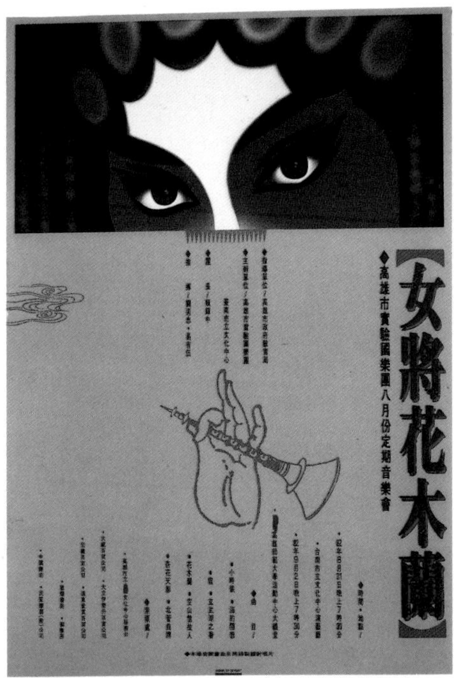

高雄市實驗交響樂團演奏會／來自新世界的聲音
CD 黃麗娟
AD 黃麗娟
D 黃麗娟
P 蘇仙筆
AG 黃麗娟個人工作室
CL 高雄市實驗交響樂團

高雄市實驗國樂團音樂會／女將花木蘭
CD 黃麗娟
AD 黃麗娟
D 黃麗娟
I 蘇仙筆
AG 黃麗娟個人工作室
CL 高雄市實驗國樂團

南方文教基金會歌仔戲成果公演／什細記
CD 黃麗娟
AD 黃麗娟
D 黃麗娟
P 蘇仙筆
AG 黃麗娟個人工作室
CL 南方文教基金會

台灣歌謠之夜
CD 黃麗娟
AD 黃麗娟
D 黃麗娟
P 黃麗娟
AG 黃麗娟個人工作室
CL 高雄市實驗交響樂團

北伊大鋼鼓樂團音樂會
AD 楊勝雄
D 楊勝雄
P 何樹金
AG 綠手指文化事業公司
CL 擊樂文教基金會

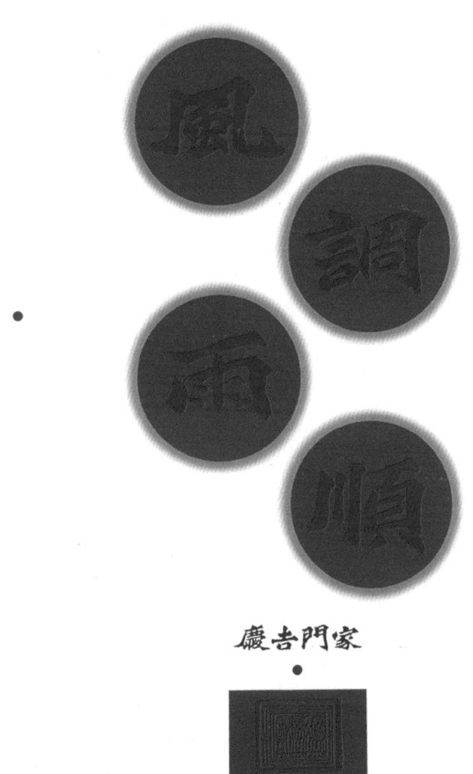

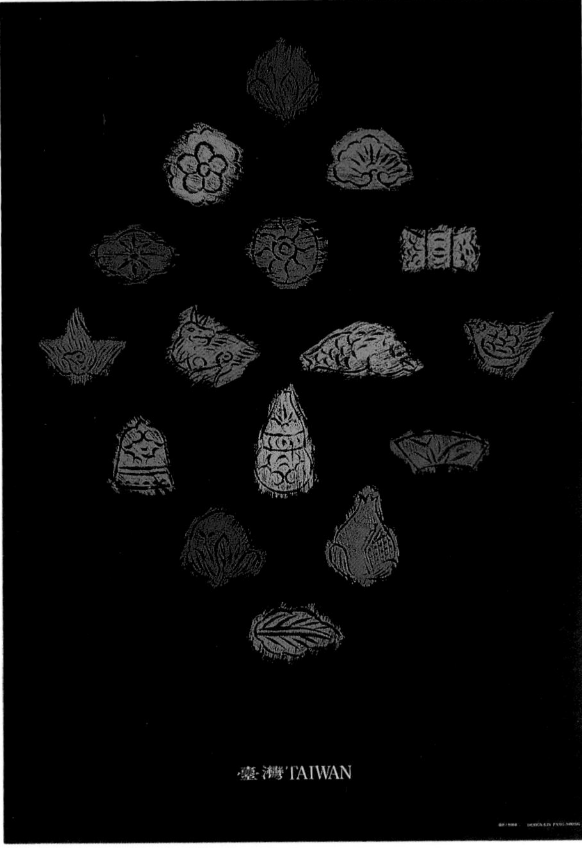

1991台灣印象台灣之美海報
CD 高思聖
D 高思聖

1991台灣印象台灣之美海報
CD 游明龍
D 游明龍

1991台灣印象台灣之美海報
CD 林磐聳
D 林磐聳

1991台灣印象台灣之美海報
CD 葉國松
D 葉國松

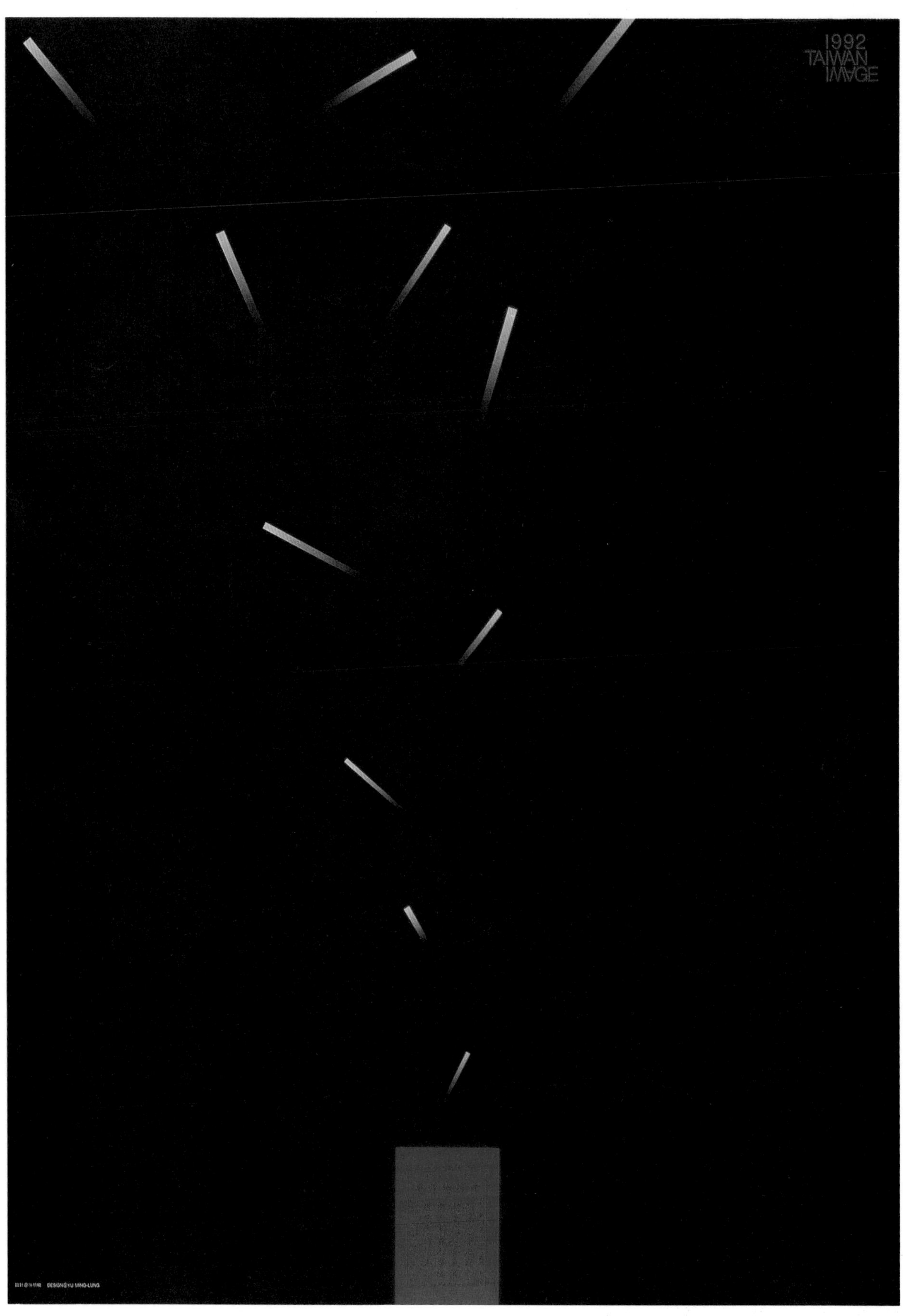

1992台灣印象海報
CD 游明龍
D 游明龍
• 1993第7屆法國巴黎國際海報沙龍展入選

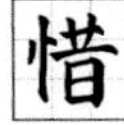

1992台灣印象海報
CD　葉國松
D　葉國松

1992台灣印象海報
CD　高思聖
D　高思聖

1992台灣印象海報
CD　傅銘傳
D　傅銘傳

1992台灣印象海報
CD　林磐聳
D　林磐聳

台灣人住厝 愛住 四合院 五代同堂 子孫滿堂 厝外有圍牆 厝頂是陶式重
簷頂 莊嚴華貴 厝壁有花窗 窗櫺 也有窗櫺隔扇 磚壁是花磚 門壁
配花鳥門扇 富貴門扇 麒麟窗櫺 亦有石雕窗櫺 在屋頂上的是鳳凰剪粘
也有葉王交趾陶是戟磬吉慶 屋簷下是獅頭 有太獅 小獅 牆堵上的是陶龍垛
有梅 蘭 竹 菊 象徵四季平安 通天筒 魚躍吐水 象徵年年有餘
馬背的屋簷有獅頭 胡蘆 太師鏡 人物 都有避兇驅邪之意 在宅簷的雕飾
有木雕透雕 月梁的蘇武牧羊斗座 及裝飾華麗的彎枋連拱 強調穩定屋架的
獅象斗座 集木刻 彩繪與建築藝術一體的屋架結構 木刻蓮花吊筒 門扇木刻
厝頂是陶式重簷頂 莊嚴華貴 厝壁有花窗 窗櫺 也有窗櫺隔扇 磚壁是花
磚 門壁配花鳥 門扇 富貴門扇 麒麟窗櫺 亦有石雕窗櫺 在屋頂上的
是鳳凰剪粘 也有葉王交趾陶是戟磬吉慶 屋簷下是獅頭 有太獅 小獅
牆堵上是陶龍垛 有梅 蘭 竹 菊 象徵四季平安 通天筒 魚躍吐水
象徵年年有餘 馬背的屋簷有獅頭 胡蘆 太師鏡 人物 都有避兇驅邪之意
在宅簷的雕飾 有木雕 透雕月梁的蘇武牧羊斗座 及裝飾華麗的彎枋連
拱 強調穩定屋架的獅象斗座 集木刻 彩繪與建築藝術一體的屋架結構 木
刻蓮花吊筒 有將屋頂重量傳遞至柱子功能 精緻的老鷹 鳳鳥 門扇木刻
代表英雄 富貴之意 門枕石有青龍 朱雀 白虎 玄武 四象 代表東南
臺灣印象
住住西北方 置於寺廟入口處的石鼓 有天龍 地虎 大門上有日月 雨大門神鎮
住住守有鎮邪守門之意 可驅邪避兇 龍爲石柱雕造中最適合之題材 這是古早
祖先的遺產 也是台灣人住的傳統之美 台灣印象 台灣的住

1993台灣印象海報
CD 游明龍
D 游明龍

1993台灣印象海報
CD 蔡進興
D 蔡進興
• 1993第7屆法國巴黎國際海報沙龍展入選

1993台灣印象海報
CD 王士朝
D 王士朝
• 1993第7屆法國巴黎國際海報沙龍展入選世界展

1993台灣印象海報
CD 魏正
D 魏正
C 許蓓齡

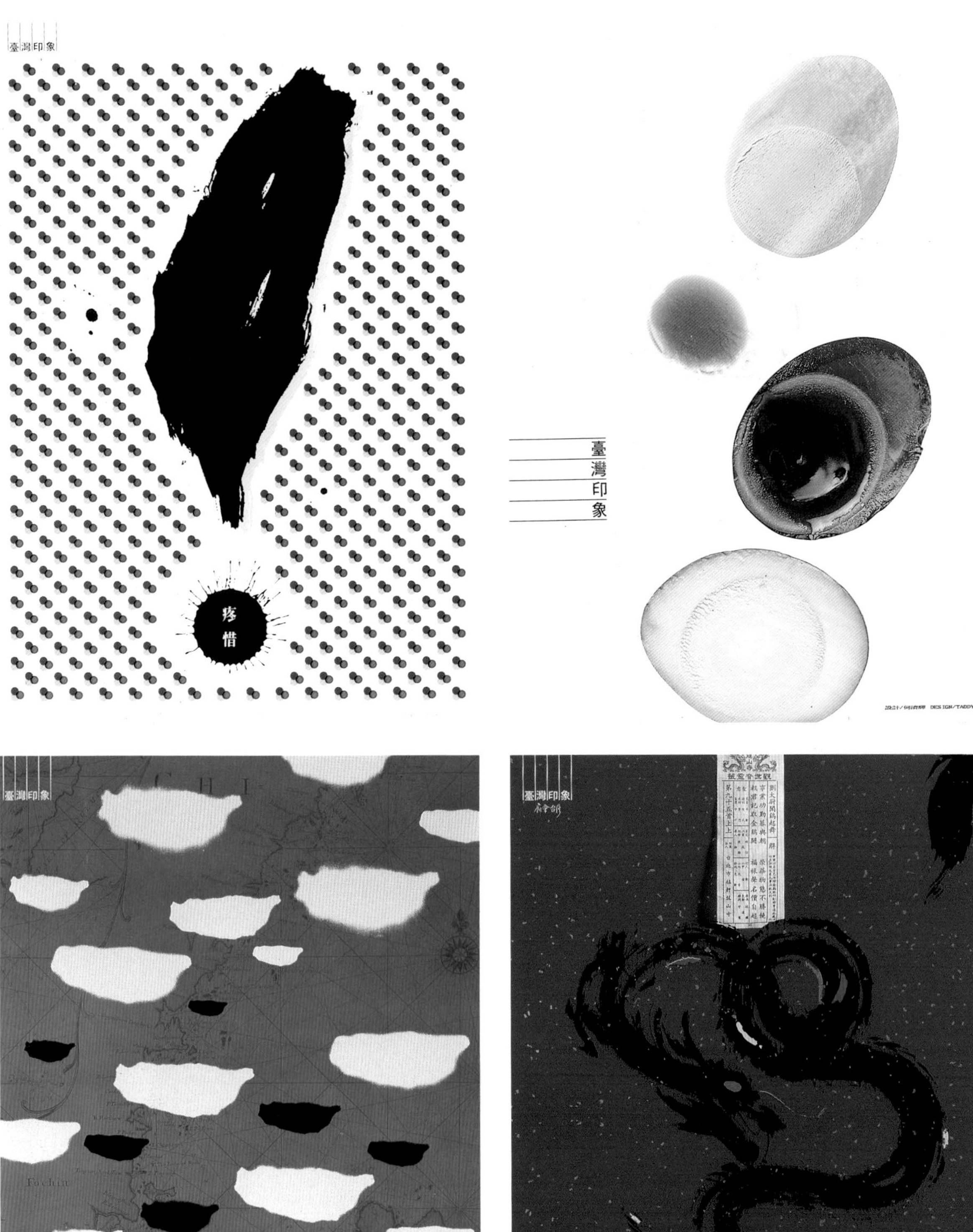

1993台灣印象海報
CD　高思聖
D　高思聖
• 1993第7屆法國巴黎國際海報沙龍展入選

1993台灣印象海報
CD　何清輝
D　何清輝

1993台灣印象海報
CD　林磐聳
D　林磐聳
• 1993第7屆法國巴黎國際海報沙龍展入選

1993台灣印象海報
CD　柯鴻圖
D　柯鴻圖
• 1993第7屆法國巴黎國際海報沙龍展入選

1994
TAIWAN
IMAGE

It's Green, It's Life. 珍惜綠色生命 永保台灣活命.

設計／林磐聳 DESIGNER／LIN PANG-SOONG

1994台灣印象環保海報
CD 林磐聳
D 林磐聳
• 1994第8屆法國巴黎國際海報沙龍展入選

1994台灣印象環保海報
CD 程湘如
D 程湘如
P 李子建

1994台灣印象環保海報
CD 王士朝
D 王士朝

1994台灣印象環保海報
CD 柯鴻圖
D 柯鴻圖

1994台灣印象環保海報
CD 何清輝
D 何清輝
• 1994第8屆法國巴黎國際海報沙龍展入選

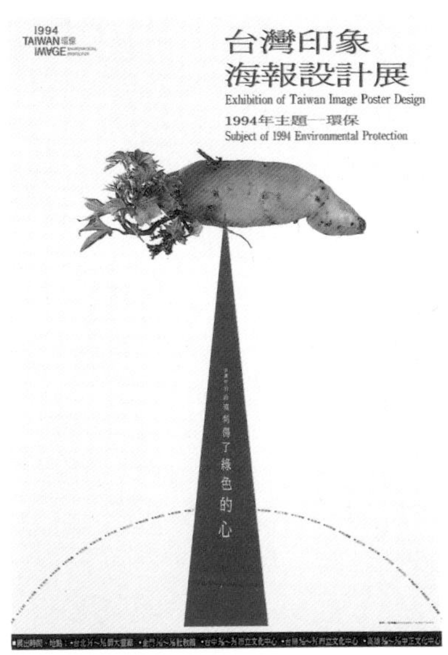

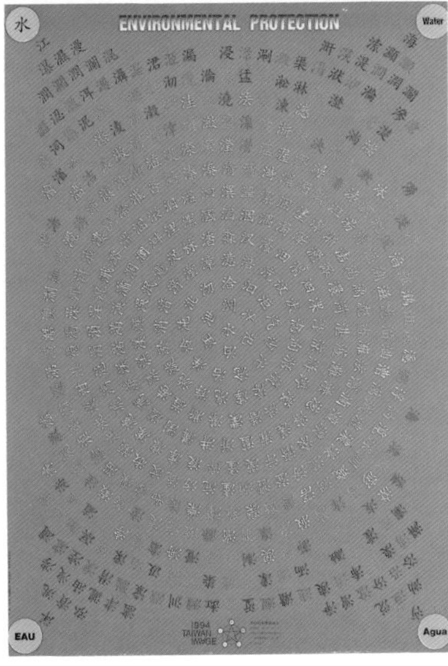

1994台灣印象環保海報
CD 游明龍
D 游明龍

1994台灣印象環保海報
CD 蔡進興
D 蔡進興
• 1994第8屆法國巴黎國際海報沙龍展入選

1994台灣印象環保海報
CD 陳永基
D 陳永基
P 富通攝影有限公司

1994台灣印象環保海報
CD 魏正
D 魏正
C 魏正、許蓓齡

1994台灣印象環保海報
CD 傅銘傳
D 傅銘傳
P 李達民

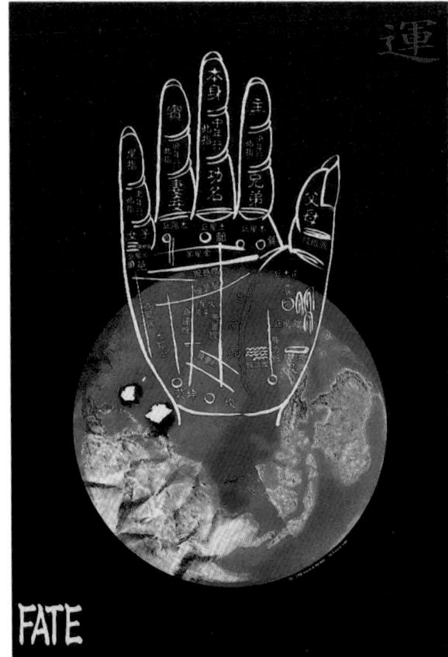

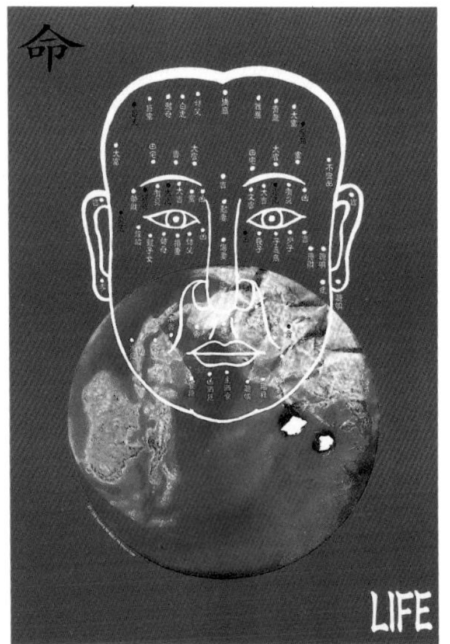

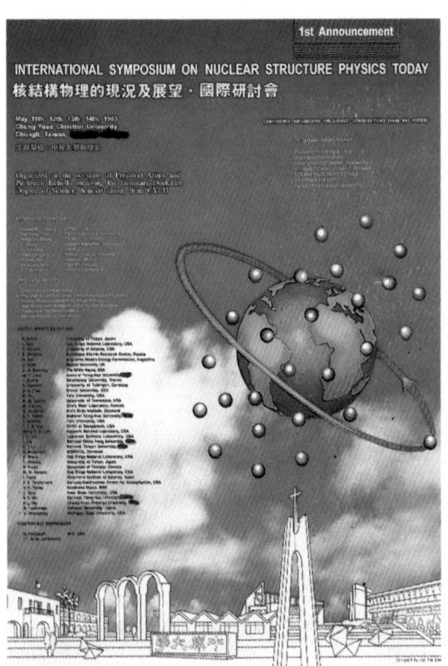

環保海報命運系列
CD 王炳南
D 王炳南
P 李碁攝影有限公司
I 王炳南
AG 歐普設計有限公司
• 韓國第二回亞細亞Graphic Design Triennale展

拯救地球、拯救自己環保海報
CD 陳秀貞
D 陳秀貞
P 陳秀貞
CG 陳秀貞
AG 衆城廣告有限公司

1994全國文藝季／原住民文化會議
CD 李男
AD 李男
D 李蘭舫
AG 李男創意工作室
CL 當代雜誌社

核結構物理國際研討會
D 林品章
I 吳碧恆
AG 林品章設計研究室
CL 中原大學物理系

大崗山國際青商會年會
CD 李宜玟
D 李宜玟
P 侯信嘉
AG 翰堂廣告事業有限公司
CL 大崗山國際青商會

1993港都茶藝獎
CD 林宏澤
D 蘇文清
P 候信嘉
C 吳東戊
AG 翰堂廣告事業有限公司
CL 中華茶藝業聯誼會

1993～1994陶藝金陶獎
CD 陳昌哲
AD 李振榮
D 江明樹
P 普羅攝影公司
C 花柏容
AG 黃禾廣告事業(股)
CL 和成文教基金會

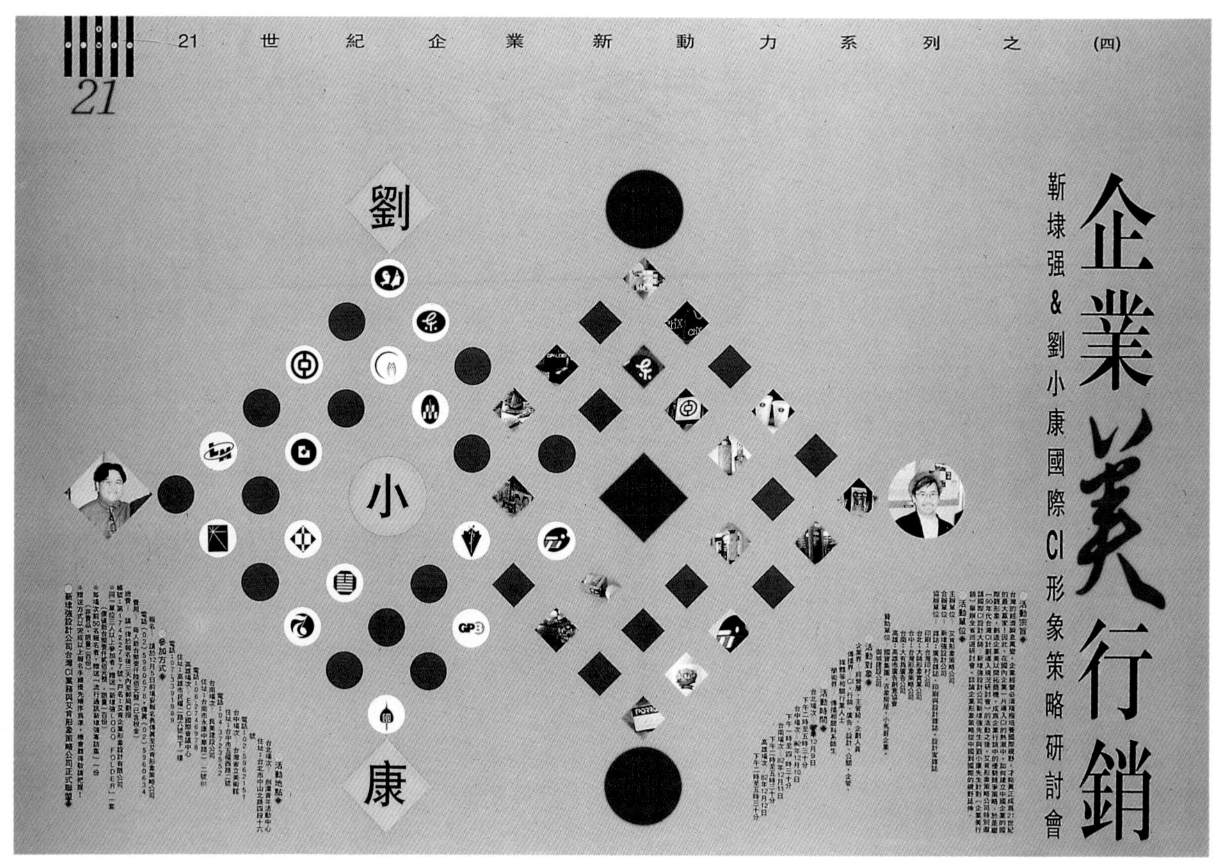

靳埭強·劉小康CI形象研討會
CD 魏正
AD 靳埭強
D 林怡秀
C 許蓓齡
AG 艾肯形象策略公司
CL 艾肯形象策略公司
靳埭強設計有限公司

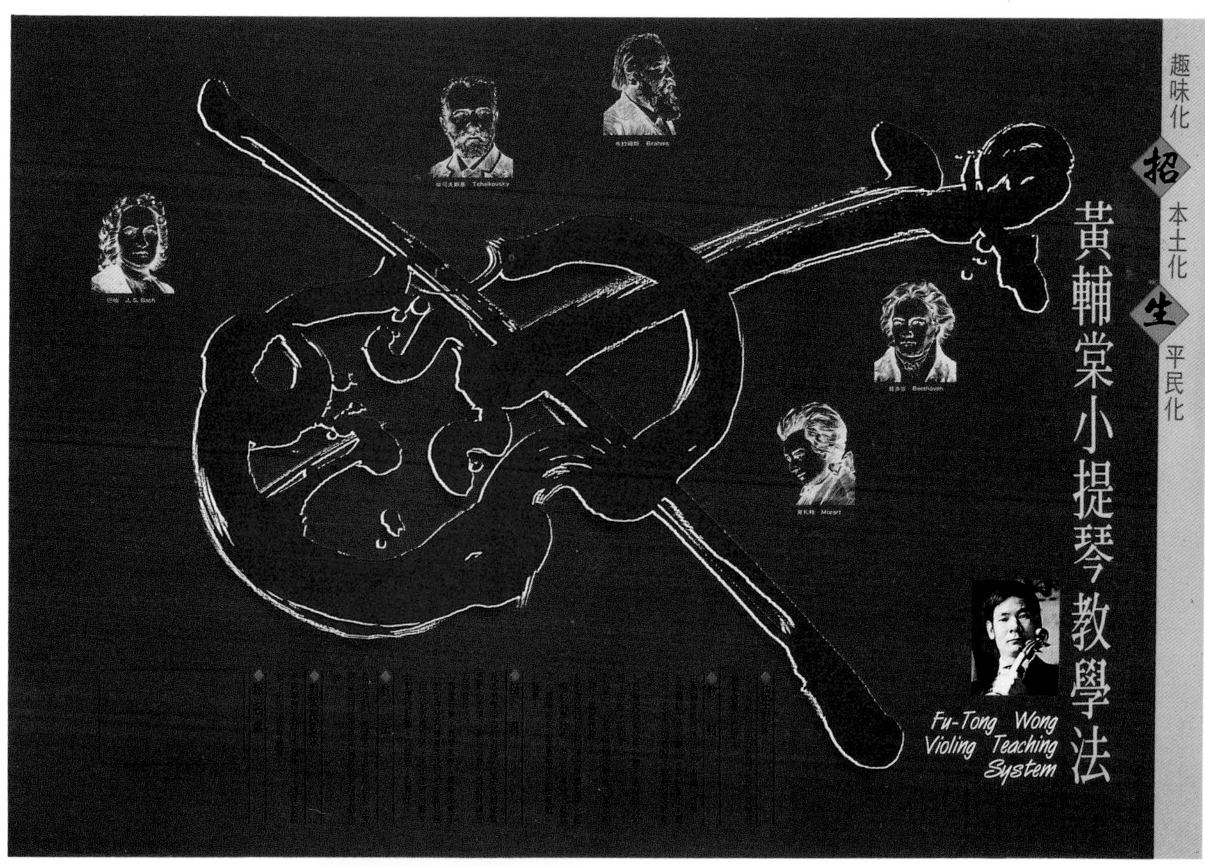

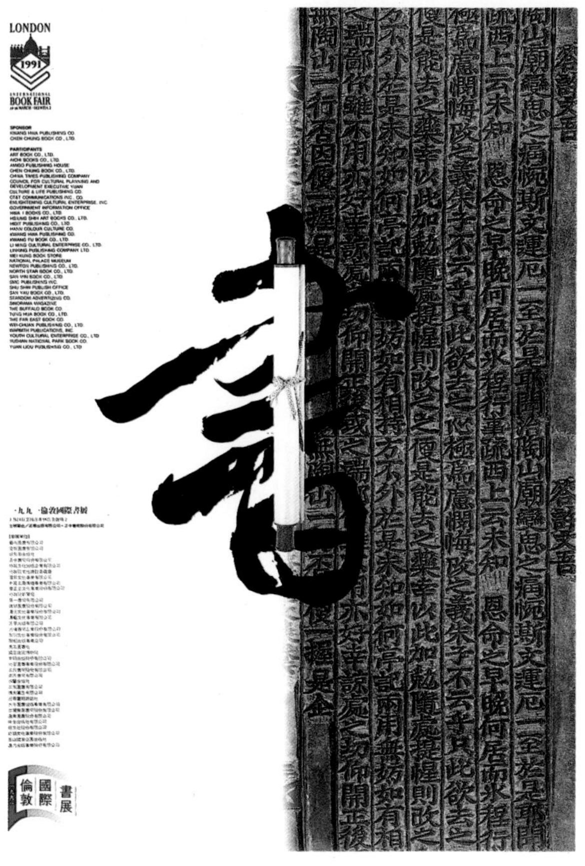

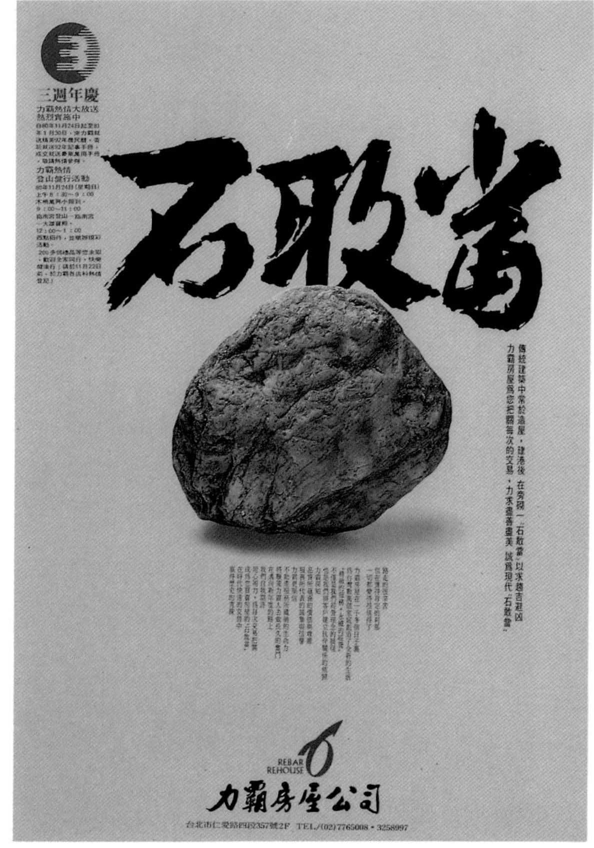

黃輔棠小提琴教學法
CD 林宏澤
D 蘇文清
P 侯信嘉
I 蘇文清
C 林宏澤
AG 翰堂廣告事業有限公司
CL 黃輔棠小提琴教學中心

1991倫敦國際書展
CD 李男
AD 李男
D 李男
P 胡毓豪
AG 李男創意工作室
CL 正中書局

力霸房屋三週年慶
CD 王威遠
D 王威遠
C 苗蕙敏
AG 熊族設計股份有限公司
CL 力霸房屋股份有限公司

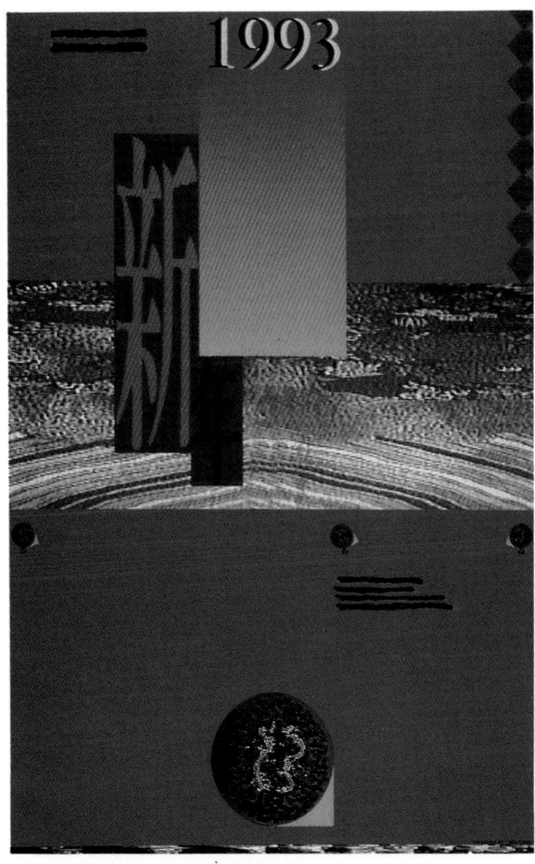

加州州大藝術系暑期海報
AD 劉家珍
D 劉家珍
AG Visual Mix
CL 美國加州州立大學

美國華商新年海報
AD 劉家珍
D 劉家珍
AG Visual Mix
CL 美國加州亞太商業集團

舞蹈空間八十日世界漫遊
D 吳慧雯
I 彼德小話
AG 皇冠雜誌社
CL 舞蹈空間舞團

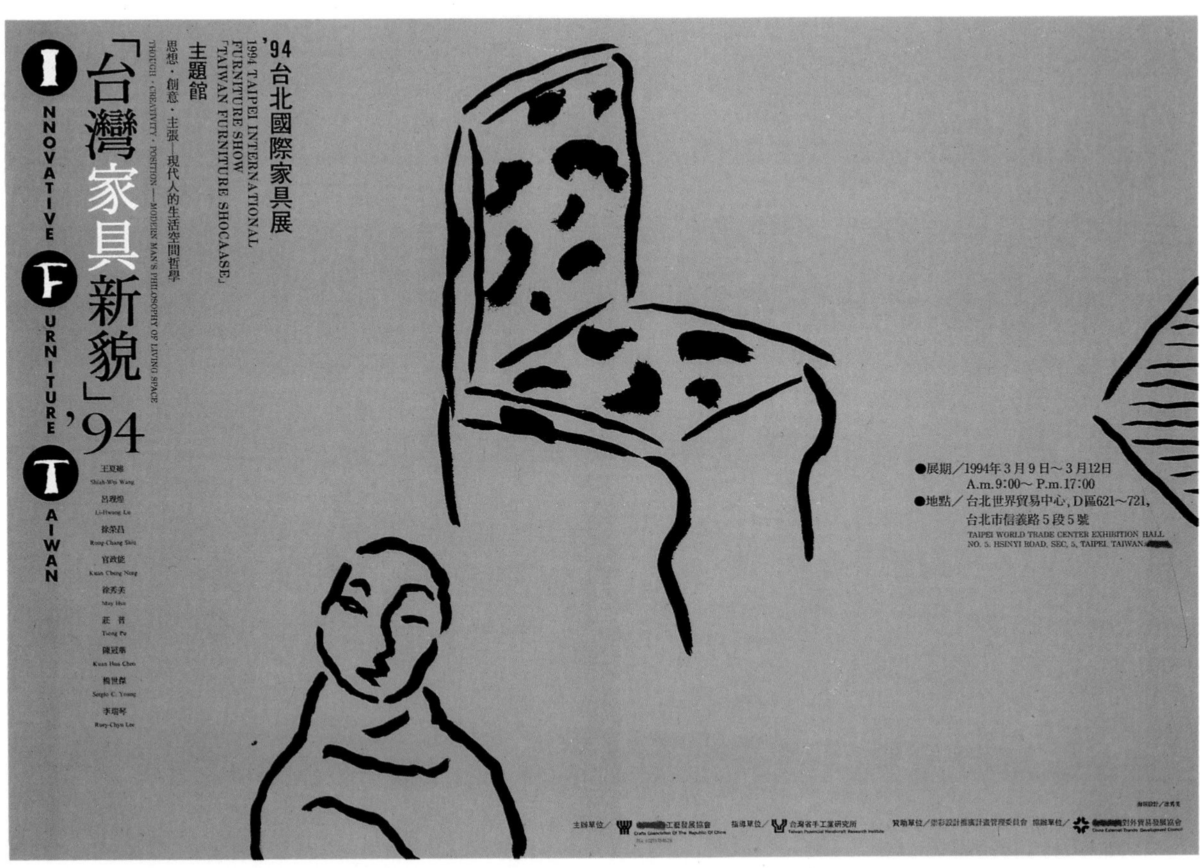

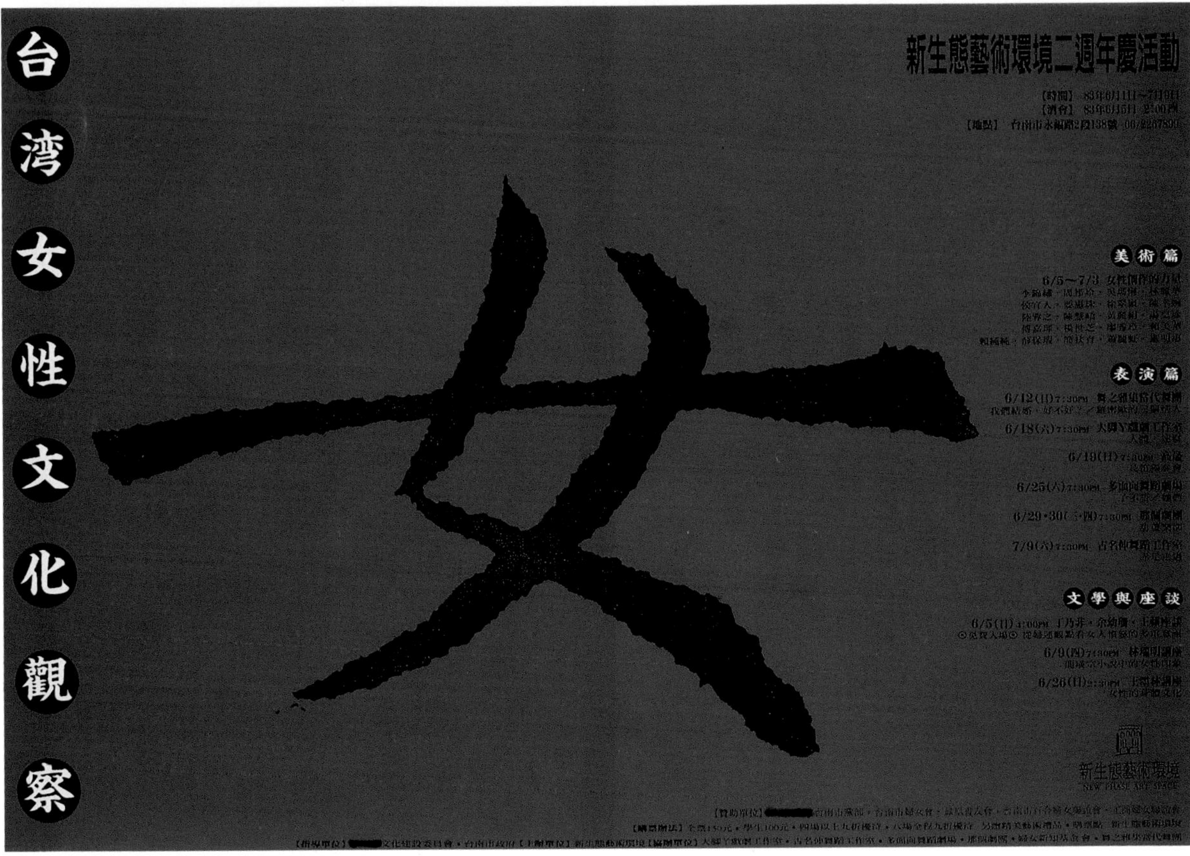

1994台北國際家具展
AD 徐秀美
D 徐秀美
I 徐秀美
AG 徐秀美工作室
CL 台灣省手工業研究所

新生態藝術二週年慶活動／
台灣女性文化觀察
CD 蘇建源
AD 蘇建源
D 蘇建源
AG 新生態藝術環境公司
CL 新生態藝術環境公司

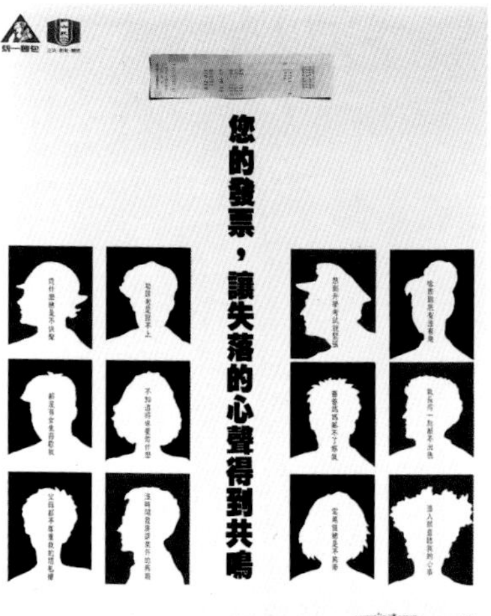

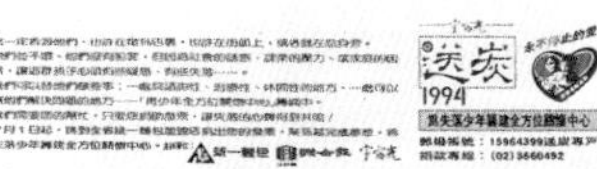

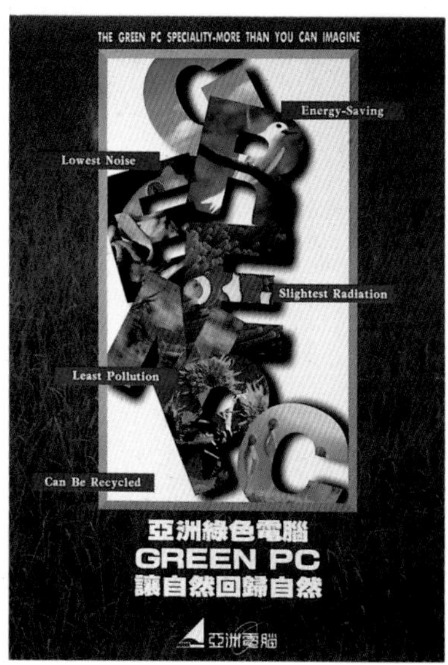

1994送炭活動／籌建全方位關懷中心
AD 鄭文正
D 鄭文正
I 鄭文正
C 高銘昱
AG 清華廣告事業(股)
CL 統一麵包股份有限公司

1994爵士藝術節
D 李尋
AG 普形廣告有限公司
CL Benny G Design Concept

傳動藝術與文化
D 楊根烈
P 凹凸攝影有限公司
AG 汎美設計有限公司
CL 政伸企業股份有限公司

亞洲電腦Green PC
CD 王光華
AD 王光華
D 王光華
C 施百倫
AG 幾合廣告股份有限公司
CL 亞資科技股份有限公司

印刷與設計發行100期紀念
CD 楊宗魁
AD 楊宗魁
D 楊宗魁
AG 印刷與設計雜誌社
CL 印刷與設計雜誌社

萬行佛敎萬用手冊
CD 李智能
AD 李智能
D 李智能
P 千普攝影公司
I 李智能
AG 智能形象設計公司
CL 萬形佛敎萬用手冊公司

台東縣東河鄉四季蘭
CD 林隆平
AD 林隆平
D 林隆平
I 林隆平
AG 開天規劃設計有限公司

針織新布種開發暨針織品展
CD 林明約
AD 林明約
D 林明約
AG 德伸文化事業公司
CL 台灣針織工業同業公會

巨大機械形象海報
CD 陳穎
AD 陳穎
D 陳穎
AG 普仕廣告攝影有限公司
CL 巨大機械工業(股)

愛情萬歲電影海報
AD 顏安志、李瑞鄉
D 涂威文
I 顏安志
AG 浸美堂設計公司

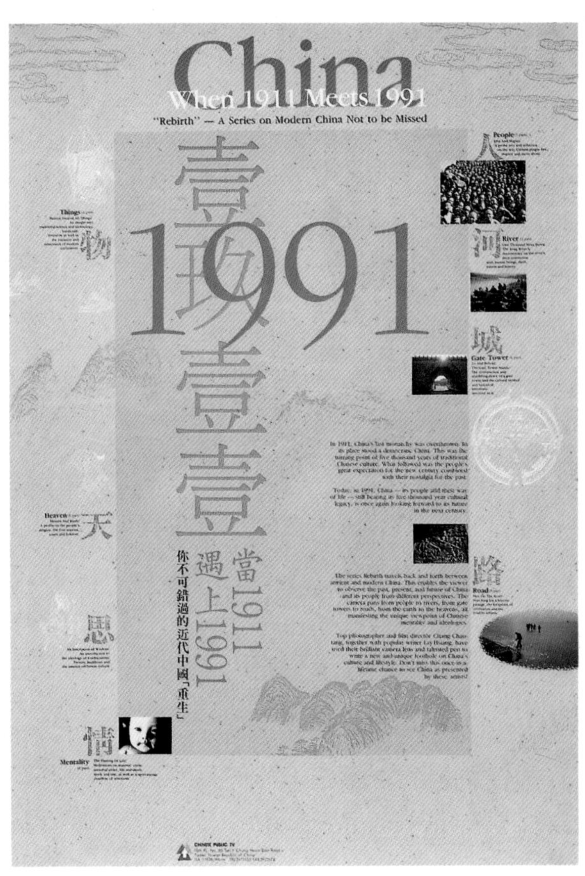

西楚霸王電影海報
CD 劉偉欽
AD 劉偉欽
D 劉偉欽
I 鍾孟舜
AG 龍祥國際股份有限公司
CL 龍祥國際股份有限公司

多桑電影海報
CD 劉偉欽
AD 劉偉欽
D 劉偉欽
AG 龍祥國際股份有限公司
CL 龍祥國際股份有限公司

歲月中國電視影集
CD 李男
AD 李男
D 李男
P 張照堂
C 王念慈
AG 李男創意工作室
CL 廣播電視發展基金會

喜瑪拉雅音樂台語相聲專輯
CD 樊哲賢
AD 樊哲賢
D 樊哲賢、羅美雪
P 周敦煌
C 黃瑞如
AG 紅方設計有限公司
CL 喜瑪拉雅音樂事業(股)

唐朝樂團專輯
AD 李明道
D 李明道
AG 李明道工作室有限公司
CL 磨岩文化有限公司

頂尖拍檔音樂五強專輯
AD 李明道
D 李明道
AG 李明道工作室有限公司
CL 福茂唱片音樂(股)

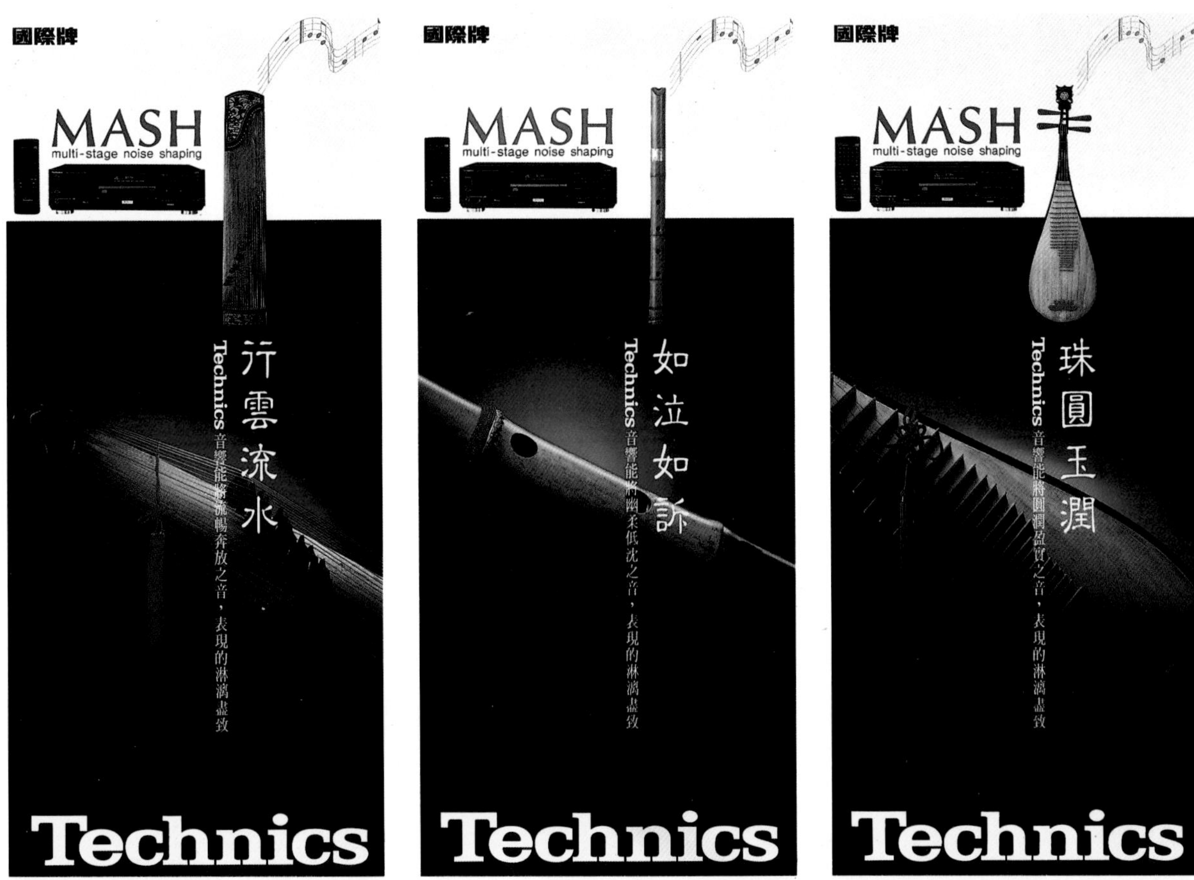

國際牌音響樂器篇系列
AD 嚴翰笙
D 陳如萍
P 優活攝影公司
AG 國華廣告事業(股)
CL 台灣松下電器(股)
• 第18屆日本松下海外賞入選佳作

陳偉讓愛單飛專輯
AD 吳昌龍
D 吳昌龍
P 周莊
AG 魔術館有限公司
CL 友善的狗有限公司

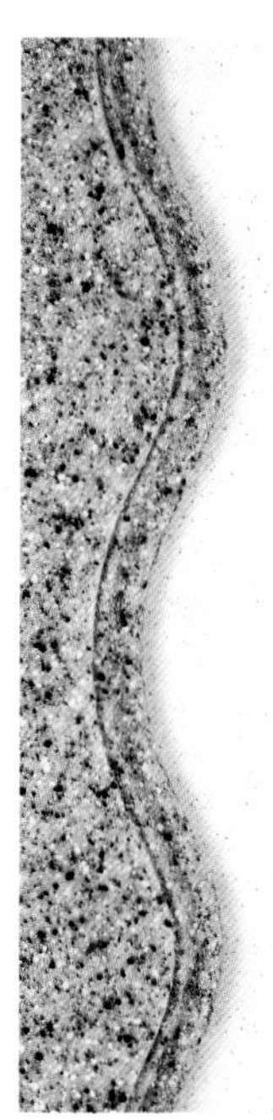

●廚具及盥洗枱面

●梵特石耐久的特性為廚具枱面最佳的選擇且造型多樣，配合度高。
●防水、防腐蝕、不積污易清理。
●一體成型、無接縫、質感細緻。
●花色應有盡有，避免不銹鋼枱面的清冷單調以及大理石枱面不易加工之缺點。
●使用一段時期可再重新研磨打亮、時時如新。

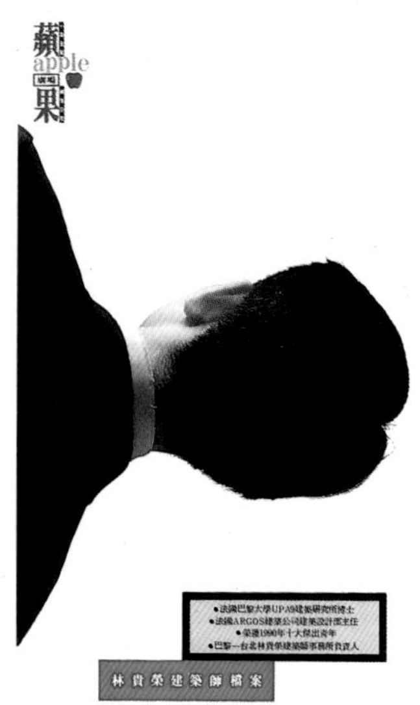

牛頓先生林貴榮。

1685年，有一個蘋果從某某樹上掉下來，
你會說，不稀奇，熟了嘛！
但是被蘋果打到頭的牛頓卻發明了萬有引力。
至於這位留學法國巴黎的建築博士林貴榮，
則是在玩了二個小時魔術方塊後，
腦門靈光一現，
利用凹凸原理創造了「萬有神效住宅」，
（萬有，就是什麼都有）
12坪可以創造1主臥1書房1起居間1客廳
1廚房1分離式衛浴1儲藏室
你還要說，不稀奇嗎？

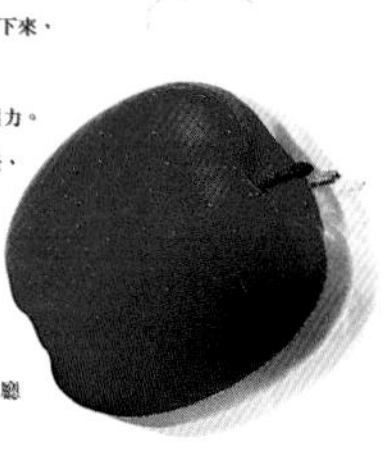

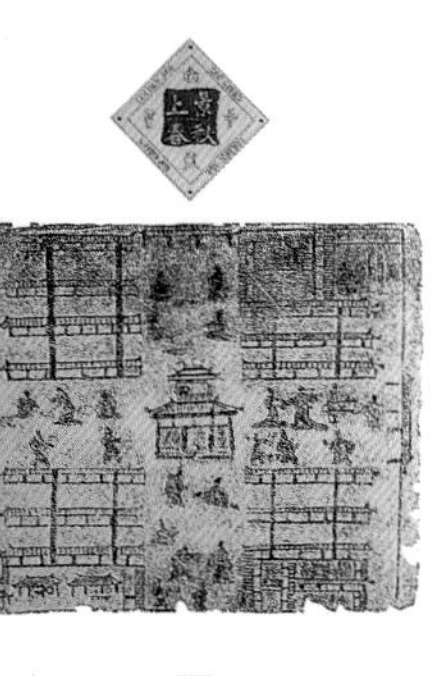

不可思議的萬有神效住宅。

請不要用你對套房的刻板印象來定義蘋果廣場的12～24坪。
萬有神效住宅將讓你見識到
12坪可以創造1主臥1書房1起居間1客廳1廚房1分離式衛浴和儲藏室不可思議的發明
不在想像範圍之內，請來親眼目睹。

12～24坪神效住宅
總價408萬買12坪可以創造1主臥1書房1起居間1客廳1廚房1衛浴1儲藏室
70%銀貸·10%公司貸款

788-5022

蘋果，就種在36米大道上隔壁有2500坪公園，很好認。某甲從國父紀念館出發來蘋果，綠燈多時只要8分鐘。蘋果的全名是「蘋果廣場—萬有神效住宅」12坪可以創造①主臥②書房③和室④挑高3米6客廳⑤餐廳⑥廚房⑦浴間⑧化粧室⑨儲藏室⑩雙玄關大門。還有，建材很棒一樣令人張大嘴巴，像和西華飯店、日本羽田機場採用相同外飾／分離式冷氣／洗脫烘洗衣機／微電腦空調器／電能熱水器……等。

梵特石衛浴材料
CD 江培村
D 張吉榮
P 程景新
C 呂美雲
AG 智慧財廣告企劃公司
CL 傑晶股份有限公司

上景建設上景春秋專案
CD 黃嶸和
AD 林悅棋
D 林悅棋
P 千琦攝影有限公司
C 林炎美
AG 太觀廣告事業(股)
CL 上景建設公司

蘋果廣場萬有神效住宅系列
CD 何虹樂
AD 翁明源
D 陳心智
P 陳識元
C 何虹樂
AG 大來廣告事業有限公司
CL 傳眞廣告實業公司

沙宣沙龍洗潔品系列	沙宣50週年海報
CD 張怡琪	CD 樊哲賢
AD 羅瓊芳	AD 樊哲賢
D 羅瓊芳	D 趙鈺雯
C 吳心怡	AG 紅方設計有限公司
AG 上奇廣告股份有限公司	CL 博雅公關公司
CL 寶僑家品股份有限公司	

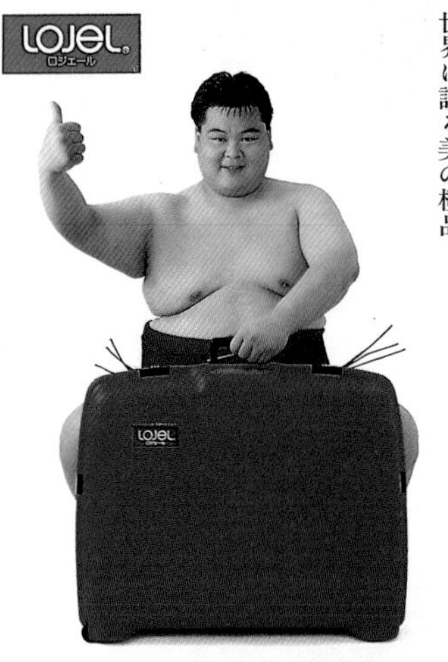

134

DHA

幫助腦部發育・提高記憶力・增強反應與學習能力

羅傑皮箱系列
CD 施尚廷
AD 劉淑玲
D 劉淑玲
P 蘇光智
AG 飛達設計事業有限公司
CL 皇冠皮件工業(股)

德國Kaiserdom黑麥啤酒
AD 郭中元
D 郭中元
P 王健隆
C 許秀如
AG 美可特廣告企劃公司
CL 德皇洋酒企業(股)

DHA藥品
CD 吳鼎武
AD 吳鼎武
D 吳鼎武
AG 1960 C.G.&媒體研究室
CL 山羚設計有限公司

國喬建設江南宴社區
CD 陳信璋、潘善鈞
D 陳美如
C 程昀儀
AG 新聯陽、新聯富廣告
CL 國喬建設股份有限公司

Gino Colin鞋展
CD 黃主偉
AD 黃主偉
D 黃主偉
C 郭蘭玉
AG 紅圖整合設計公司
CL 協儀有限公司

法兒曼形象海報
CD 王正欽
AD 王正欽
D 王正欽
I 黃凱
AG 柏齡設計有限公司
CL 艾爾蓓麗公司

生活事典系列封面設計
CD 張士勇
D 張士勇
AG 時報文化出版公司
CL 時報文化出版公司

彰化縣作家作品集封面設計
CD 陳彩雲
AD 陳彩雲
D 陳彩雲
P 和風攝影公司
AG 陳彩雲個人工作室
CL 彰化縣立文化中心

命理與人生系列封面設計
CD 張士勇
D 張士勇
AG 時報文化出版公司
CL 時報文化出版公司

影響日本大商人封面設計
CD 陳正弦
AD 陳正弦
D 陳正弦
AG 圓神·方智出版社
CL 圓神·方智出版社

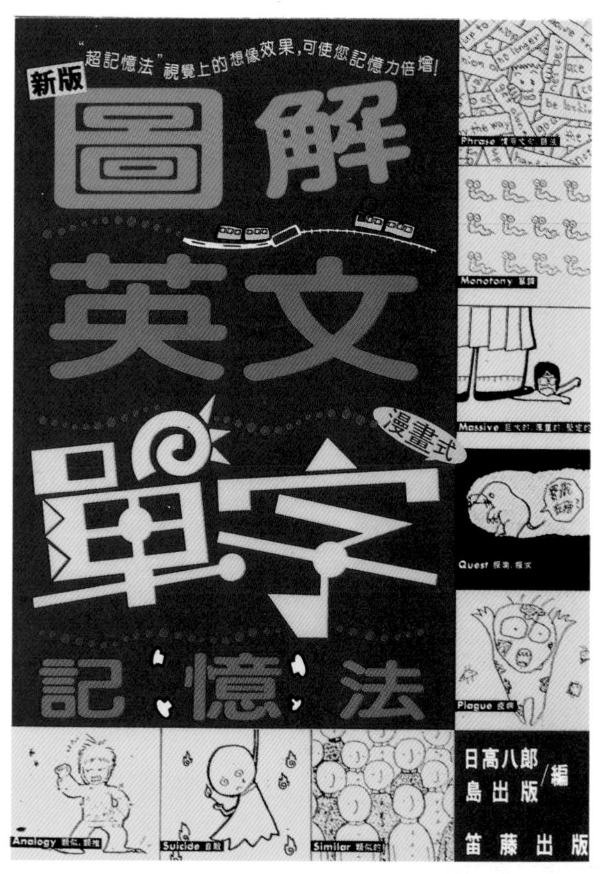

圖解英文記憶法封面設計
CD 陳永基
AD 陳永基
D 陳永基、曾淑敏
AG 陳永基設計有限公司
CL 笛藤出版圖書有限公司

中翻英系列封面設計
CD 陳永基
AD 陳永基
D 陳永基、王明芝
AG 陳永基設計有限公司
CL 笛藤出版圖書有限公司

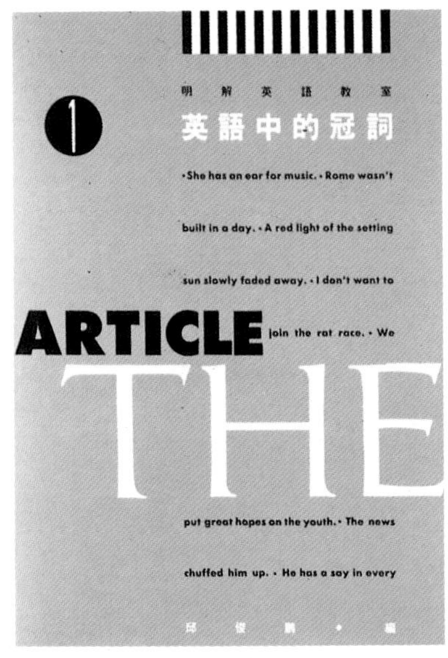

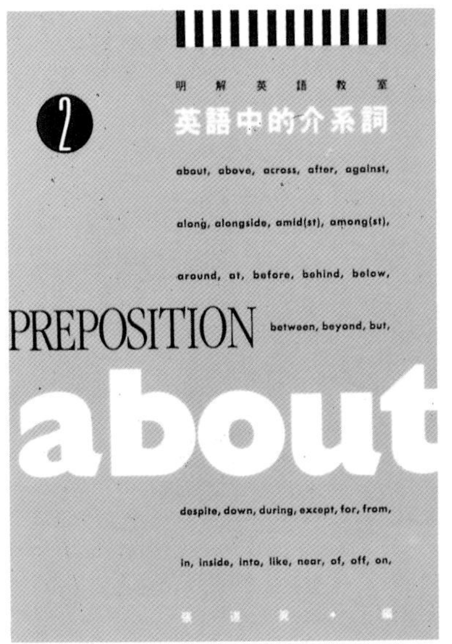

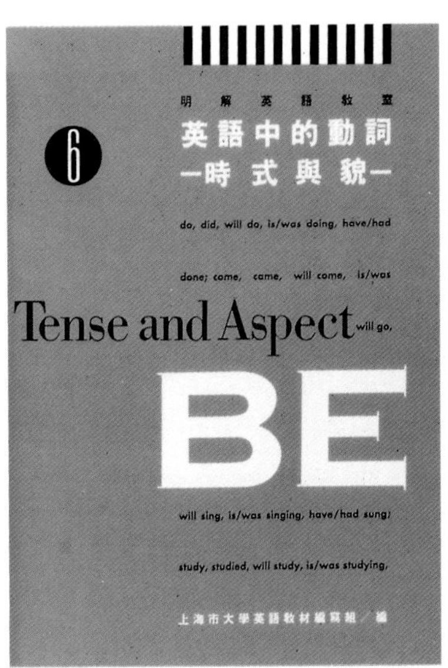

進階英語教室系列封面設計
CD 陳永基
AD 陳永基
D 陳永基
AG 陳永基設計有限公司
CL 笛藤出版圖書有限公司

攜帶版會話系列封面設計
CD 陳永基
AD 陳永基
D 陳永基
I 曾淑敏、唐聲威
AG 陳永基設計有限公司
CL 笛藤出版圖書有限公司

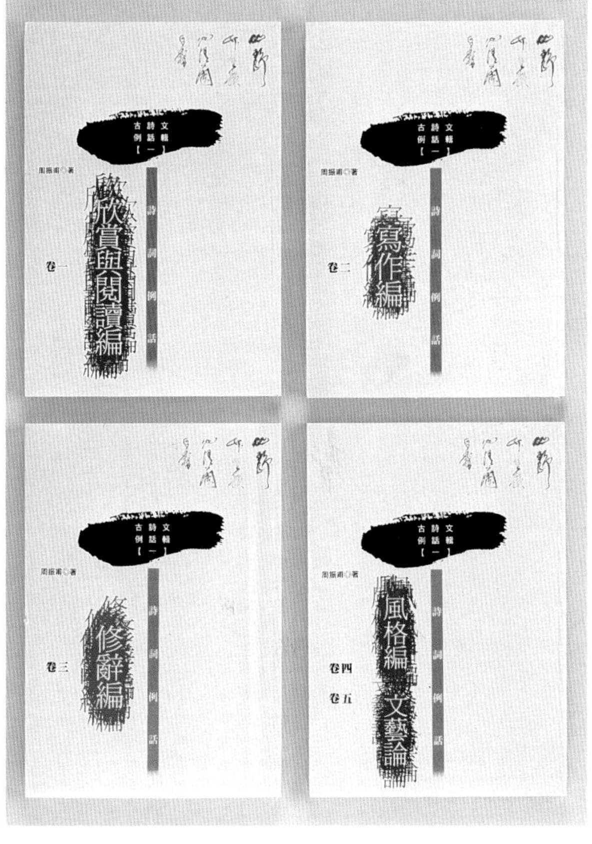

幼兒智能啓發遊戲封面設計
CD 陳永基
AD 陳永基
D 陳永基、曾淑敏
I 曾淑敏
AG 陳永基設計有限公司
CL 笛藤出版圖書有限公司

風信子詩集封面設計
D 王謝
I 王謝
AG 左下方工作室
CL 風信子

古詩文例話輯系列封面設計
D 王謝
AG 左下方工作室
CL 五南圖書出版公司

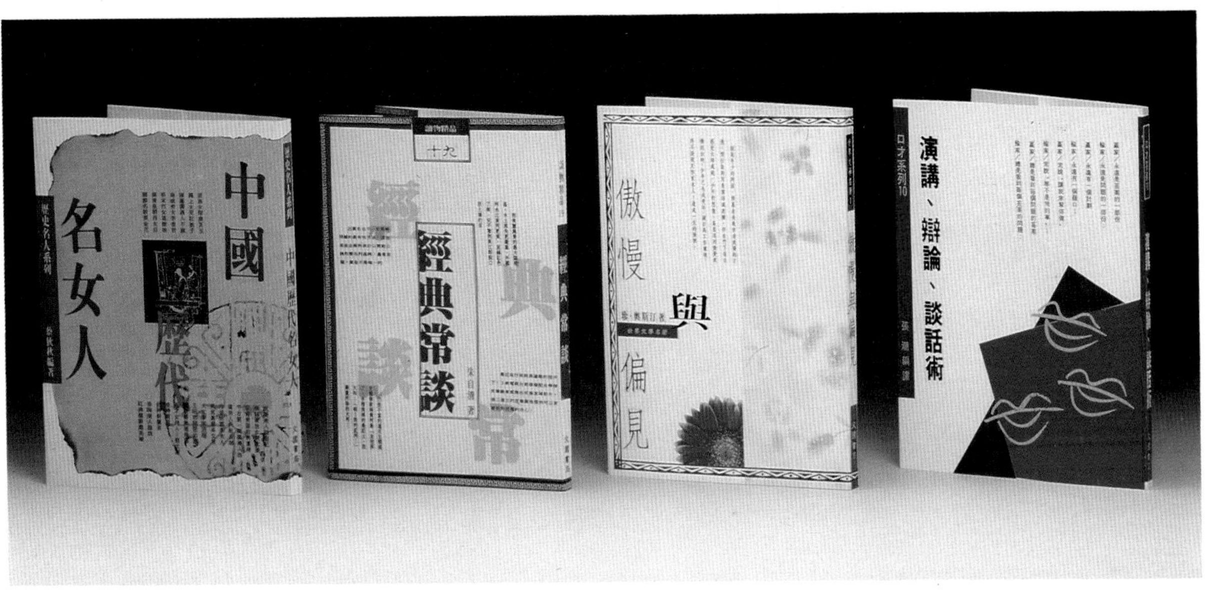

文國叢書系列封面設計
D　陳貞妙
AG　兩儀廣告設計有限公司
CL　文國書局

中國歷代名人勝跡大辭典封面設計
CD　王士朝
AD　王士朝
D　王士朝
AG　設計家出版公司
CL　旺文社出版(股)

屏東縣母語教材封面設計
CD 林宏澤
D 林宏澤
P 鄭登城
AG 翰堂廣告事業有限公司
CL 屏東縣政府
• 第48屆全省美展大會獎

認識傳統布袋戲封面設計
CD 林宏澤
D 李宜玟
P 林宏澤
AG 翰堂廣告事業有限公司

天下文化叢書封面設計
D　蔡泉安
I　蔡泉安
AG　蔡泉安工作室
CL　天下文化出版公司

厚黑學封面設計
D　劉得
AG　傳文文化出版公司
CL　傳文文化出版公司

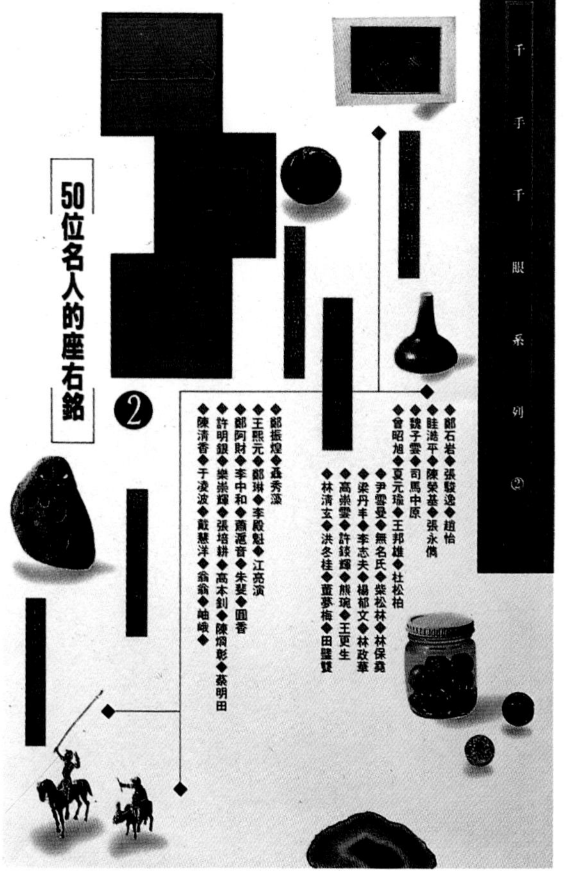

邊走邊唱、菊豆封面設計
CD 翁國鈞
AD 翁國鈞
D 翁國鈞
AG 不倒翁視覺創意工作室
CL 萬象出版社

一句偈系列封面設計
CD 翁國鈞
AD 翁國鈞
D 翁國鈞
AG 不倒翁視覺創意工作室
CL 佛光出版社

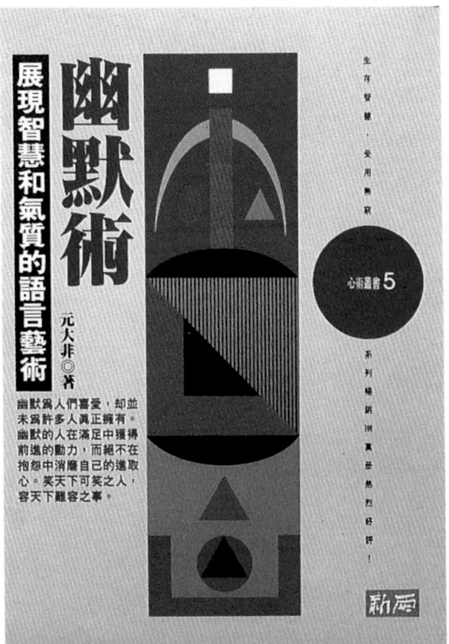

流月封面設計
CD 翁國鈞
AD 翁國鈞
D 翁國鈞
AG 不倒翁視覺創意工作室
CL 業強出版社

幽默術封面設計
CD 翁國鈞
AD 翁國鈞
D 翁國鈞
I 孟佑宗
AG 不倒翁視覺創意工作室
CL 新雨出版社

成人保健書封面設計
CD 翁國鈞
AD 翁國鈞
D 翁國鈞
I 翁國鈞
AG 不倒翁視覺創意工作室
CL 遠流出版公司

性與美封面設計
CD 翁國鈞
AD 翁國鈞
D 翁國鈞
I 詹素嬌
AG 不倒翁視覺創意工作室
CL 幼獅文化出版公司

時報文化叢書系列封面設計
CD 翁國鈞
AD 翁國鈞
D 翁國鈞
I 翁國鈞
AG 不倒翁視覺創意工作室
CL 時報文化出版公司

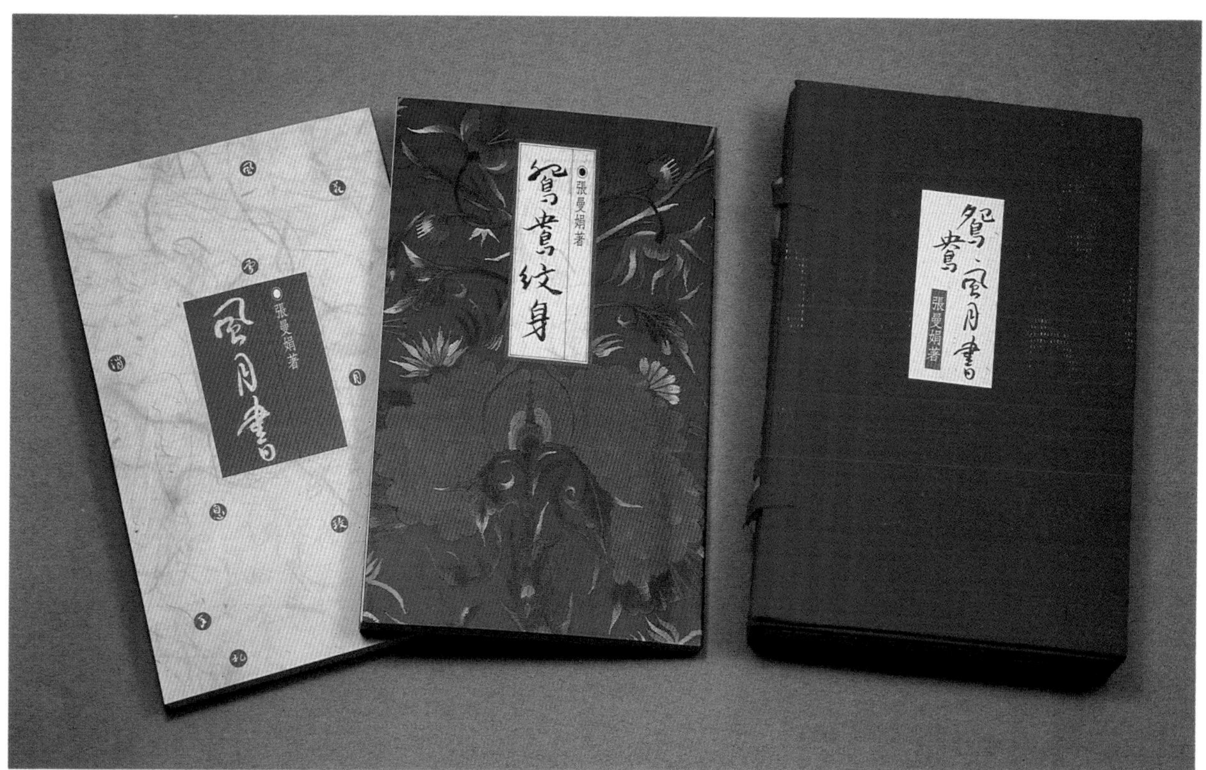

鴛鴦風月套書封面設計
D　吳慧雯
AG　皇冠雜誌社
CL　皇冠雜誌社

心的經典系列封面設計
D　吳慧雯
AG　皇冠雜誌社
CL　皇冠雜誌社

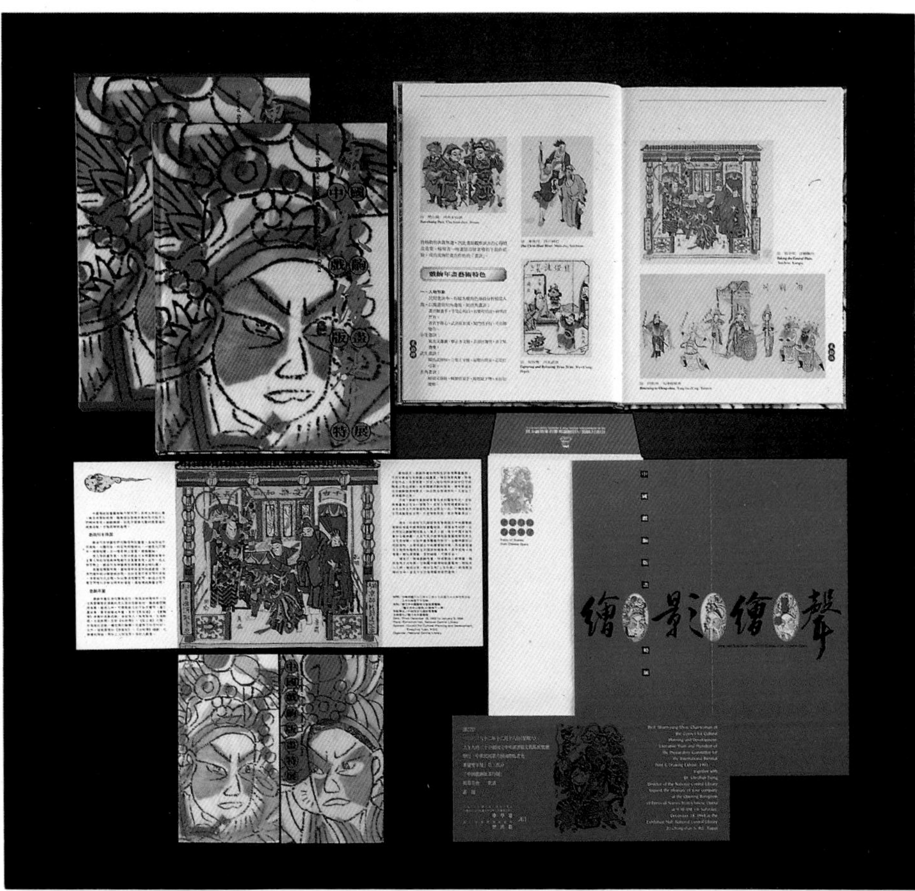

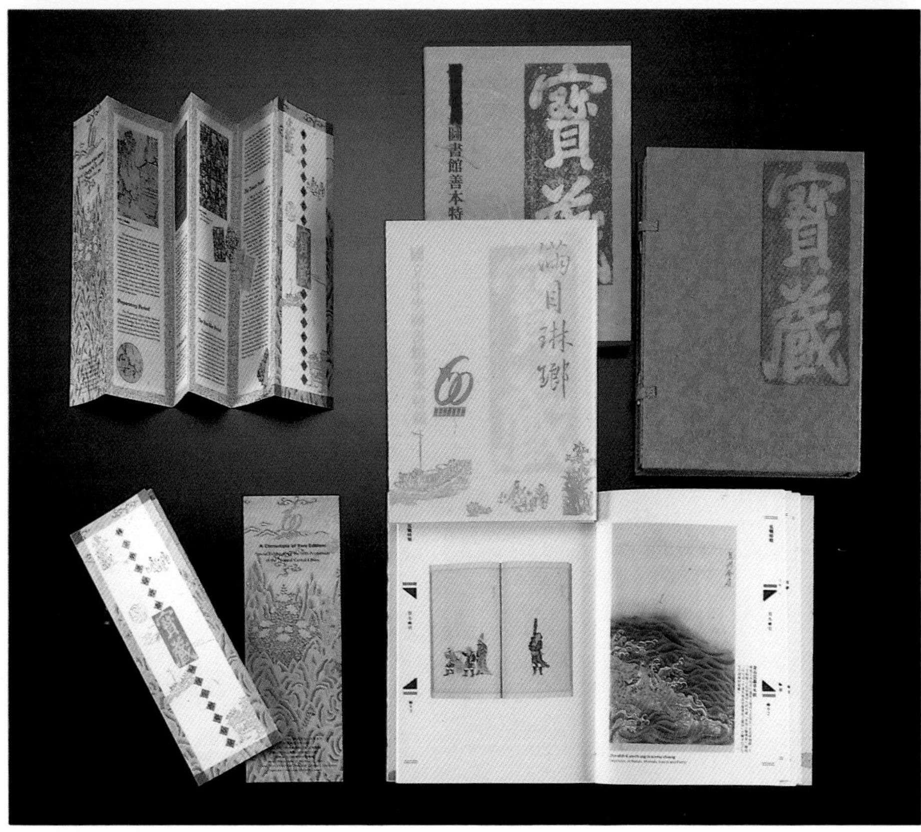

中國戲齣版畫特展專輯系列
D　陳亦珍
AG　設計家出版公司

中央圖書館60週年館慶特展
D　陳亦珍
AG　設計家出版公司

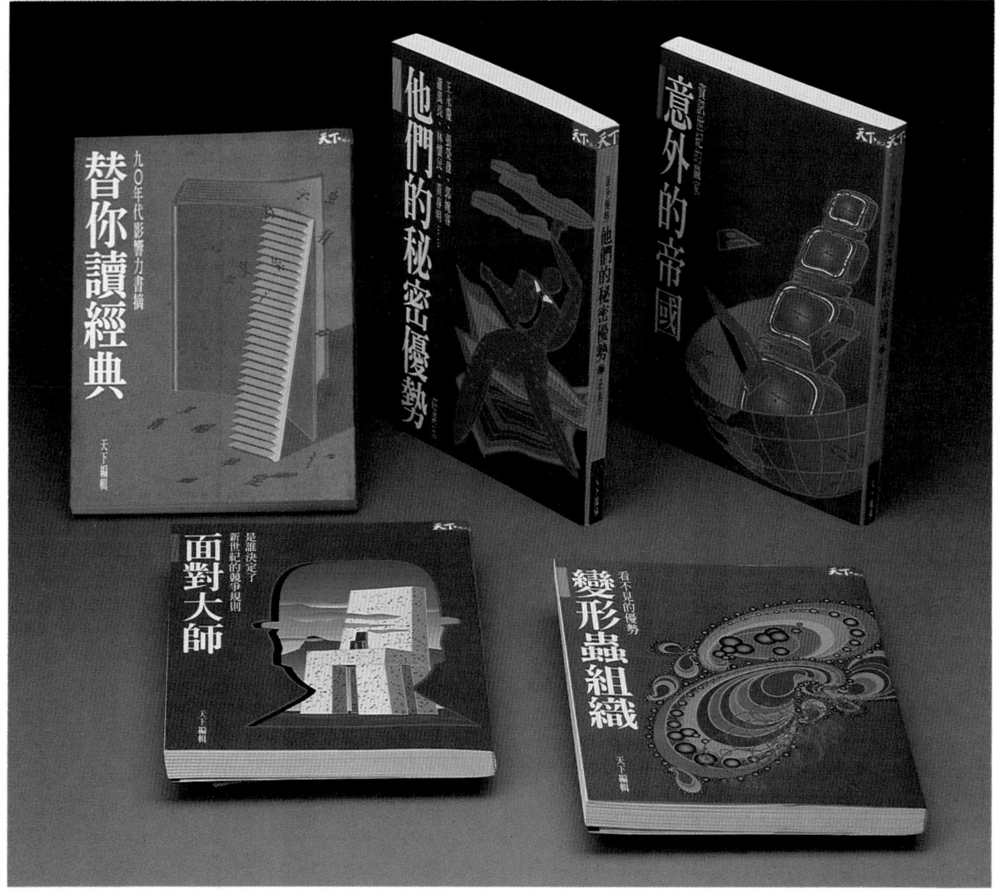

精湛叢書企業系列封面設計
CD 廖哲夫
AD 張瑞琦
D 張瑞琦
AG 楓格形象設計有限公司
CL 台灣英文雜誌社

天下叢書報導系列封面設計
AD 吳毓奇
D 洪雪娥
I 洪雪娥
AG 天下文化出版公司
CL 天下文化出版公司

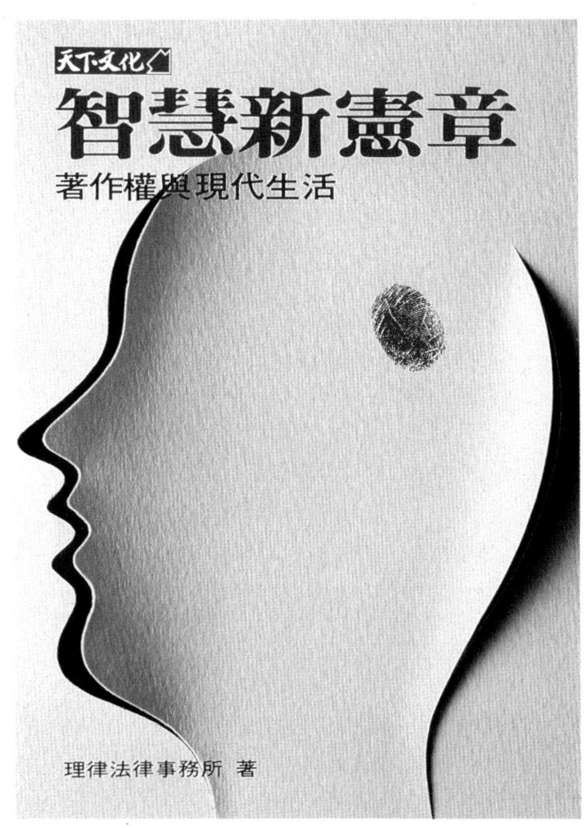

智慧新憲章封面設計
AD 李同順
D 李同順
AG 順子工作房
CL 天下文化出版公司

常用字探原封面設計
CD 柯鴻圖
AD 柯鴻圖
D 柯鴻圖
AG 竹本堂文化事業(股)
CL 五南圖書出版公司

港都文學之美套書封面設計
AD 李三元
D 陳瓊鳳、張誠中
P 田明威
AG 精辰社廣告設計公司

日本名家系列封面設計
CD 徐秀美
AD 徐秀美
D 徐秀美
I 徐秀美
AG 徐秀美工作室
CL 遠流出版公司

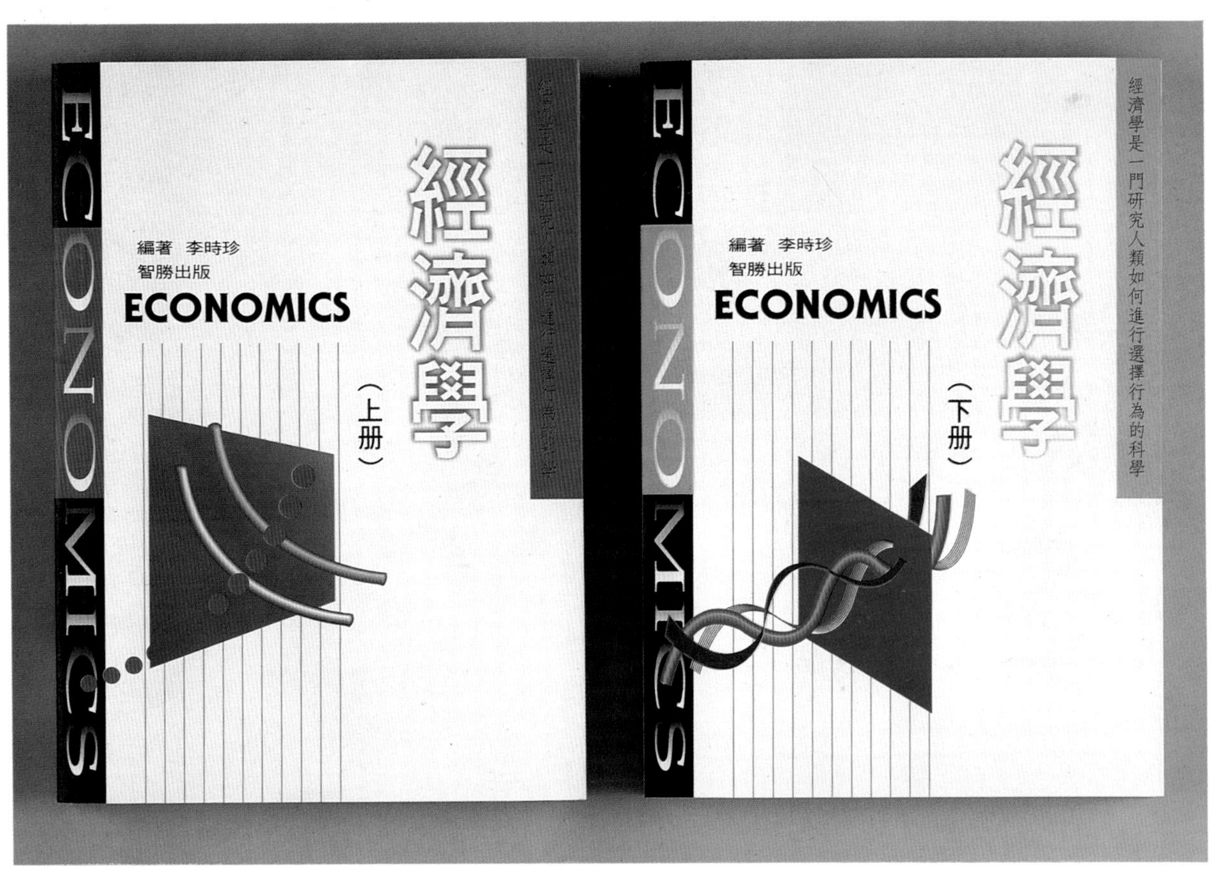

高點機構經濟學封面設計
AD 黃怡華
D 黃怡華、黃蔚倫
AG 雙黃視覺設計本店
CL 高點文教機構

武則天封面設計
AD 劉蕙蘭
D 劉蕙蘭
AG 清華廣告事業(股)
CL 麥田出版社

生命與愛封面設計
D 陳文育
P 莊崇賢
AG 漢光文化事業(股)
CL 漢光文化事業(股)

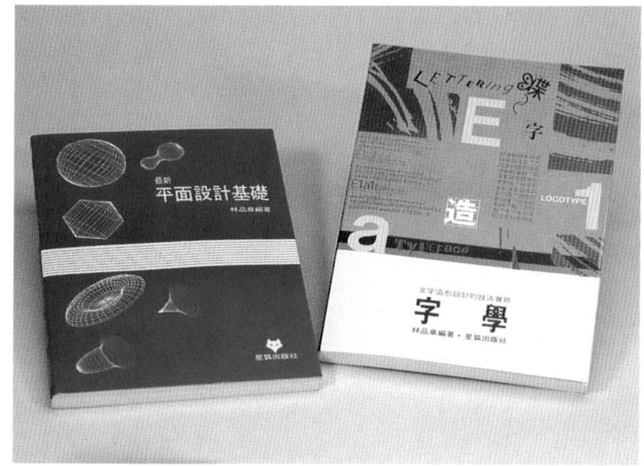

和風煦日封面設計
D 施恆德
I 施恆德
AG 山的工作室
CL 九歌出版社

憂鬱的極限封面設計
D 張國治
I 張國治
C 張國治
CL 詩之華出版社

Photoshop Bible封面設計
CD 藺德
D 藺德
P 陳貽賢
CL 桑格文化事業公司

新視野叢書系列封面設計
CD 陳正弦
AD 陳正弦
D 陳正弦
AG 方智出版社
CL 圓神出版社

古詩今唱系列封面設計
CD 黃恒美
AD 黃恒美
D 黃恒美
AG 月房子出版社
CL 月房子出版社

字學、平面設計基礎封面設計
D　林品章
AG　林品章設計研究室
CL　星狐出版社

酢漿草童書系列封面設計
D　陳建興
AG　歡喜田視覺設計工作室
CL　守護神出版公司

談修養封面設計
AD　楊國台
D　楊國台
AG　統領廣告公司
CL　大漢出版社

南瀛民俗誌封面設計
AD　楊國台
D　楊國台
AG　統領廣告公司
CL　台南縣立文化中心

狼封面設計
D 唐壽南
I 唐壽南
AG 遠流出版公司
CL 遠流出版公司

色審封面設計
D 唐壽南
I 唐壽南
AG 遠流出版公司
CL 遠流出版公司

流行天下封面設計
D 王幼嘉
AG 王幼嘉工作室
CL 時報文化出版公司

變色龍封面設計
D 王幼嘉
P 周志全
AG 王幼嘉工作室
CL 晴衣工作室

和死神約會的100種方法封面設計
D 王幼嘉
I 王幼嘉
AG 王幼嘉工作室
CL 晴衣工作室

信誼玩具書系列
D　蔡泉安
I　蔡泉安
AG　蔡泉安工作室
CL　信誼基金會

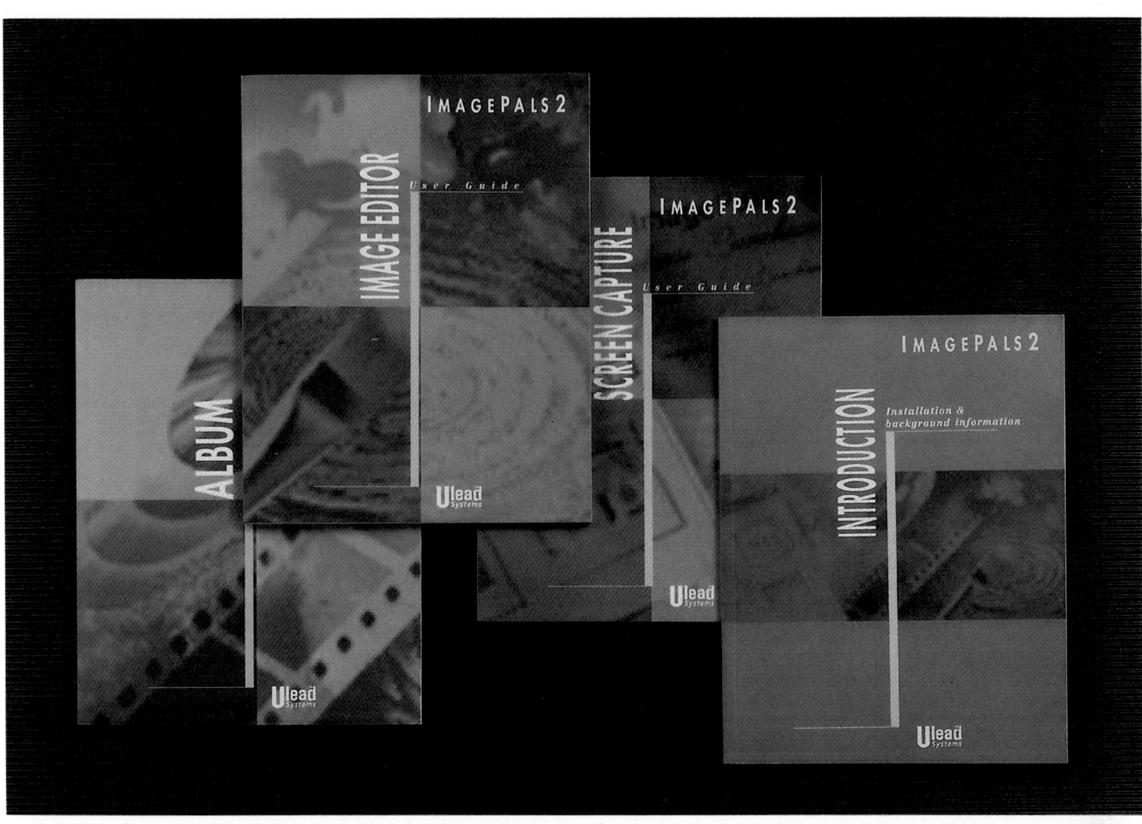

ImagePals 2軟體使用手冊
封面設計
D　何清波
AG　奇奧數位設計有限公司
CL　友立資訊股份有限公司

鄭志仁自覺攝影展專輯
CD　陳俊良
AD　陳俊良
D　陳俊良
P　鄭志仁
C　陳俊良
AG　自由落體股份有限公司

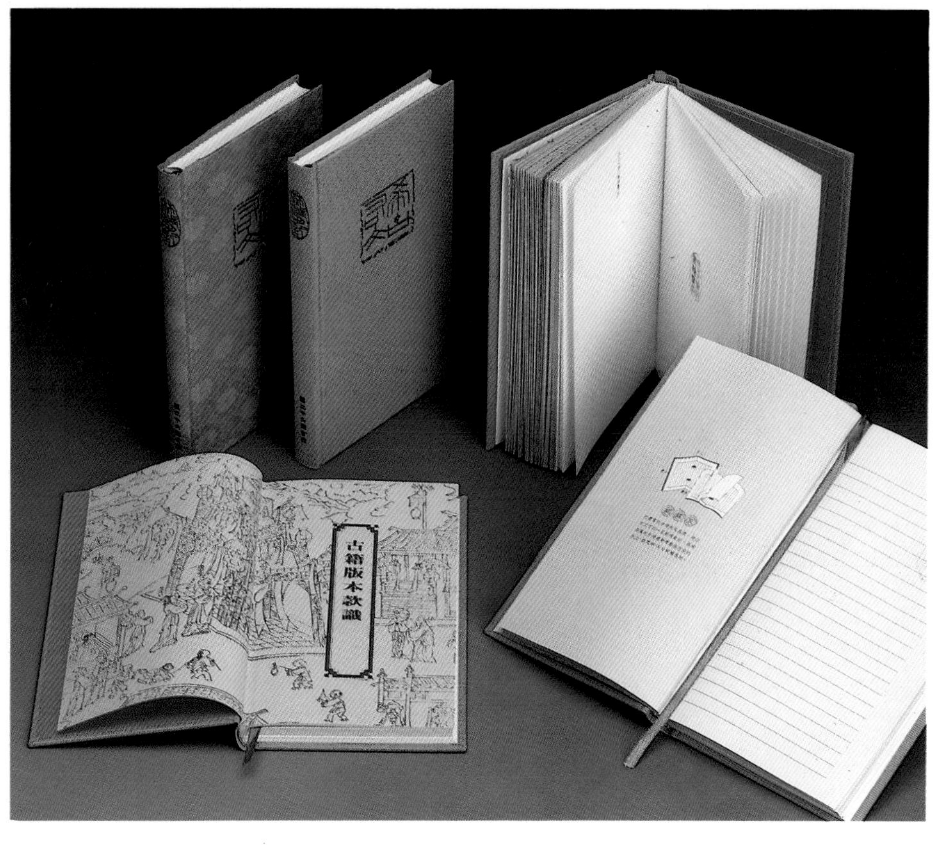

希古右文筆記本
D　陳亦珍
AG　設計家出版公司

一眠大一寸記錄紀念相冊
CD 林國慶
D 楊智茹
AG 我在形象設計公司
CL 晧盛企業股份有限公司

花旗銀行日記本
CD 吳錦江·周慧敏
AD 林昆標
D 明順怡
AG 米開蘭創意設計公司
CL 花旗銀行

鹿港巡禮旅遊手冊
CD 李鉦賀
AD 李鉦賀
D 李鉦賀
AG 李鉦賀個人工作室
CL 鹿港民俗文化基金會

童玩•頑童日記本系列
CD 鄭巧明
AD 林國信
D 鄭巧明
AG 古逸藝術設計工作室
CL 揚商國際有限公司
• 第47屆全省美展／視覺設計類大會獎

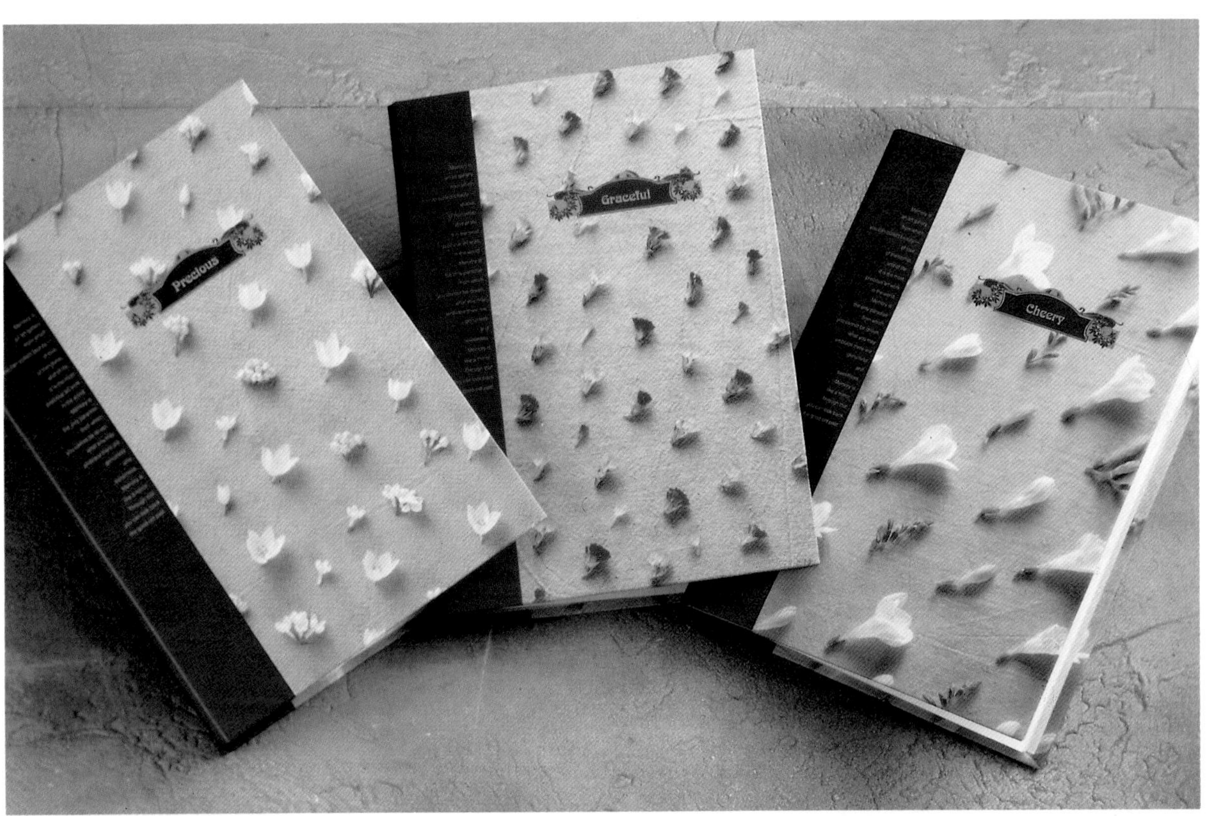

遊子郵情筆記本系列
CD 程湘如
AD 程湘如
D 程湘如
P 李子建
AG 頑石設計事業有限公司
CL 人人紙品公司

1993～1995民俗札記系列
AD　柯鴻圖
D　柯鴻圖、林怡秀
I　柯鴻圖
AG　竹本堂文化事業(股)
CL　竹本堂文化事業(股)

紅樓星事記事本
AD　柯鴻圖
D　柯鴻圖
I　柯鴻圖
C　吳安蘭
AG　竹本堂文化事業(股)
CL　竹本堂文化事業(股)

筆記青春筆記書
D　呂淑惠
I　雷驤
AG　竹本堂文化事業(股)
CL　竹本堂文化事業(股)

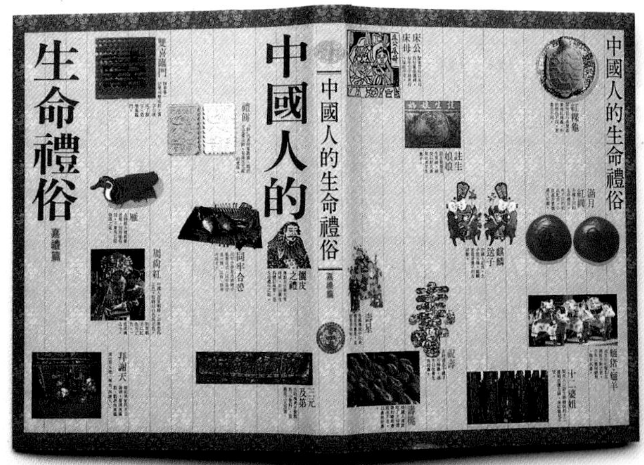

中國人的生命禮俗封面、版面設計
PL 馬以工
CD 王行恭
AD 洪幸芳
D 王行恭

AG 王行恭設計事務所

• 收錄於日本International Typography Almanac 2 Robundo

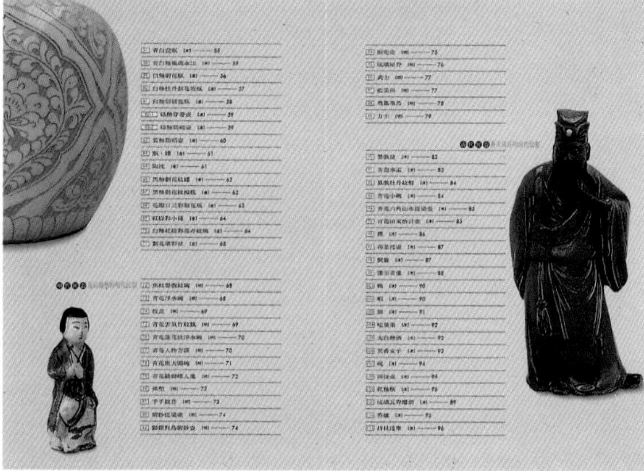

美哉陶瓷封面、版面設計
D　李純慧
AG　李純慧設計工作室
CL　藝術圖書有限公司

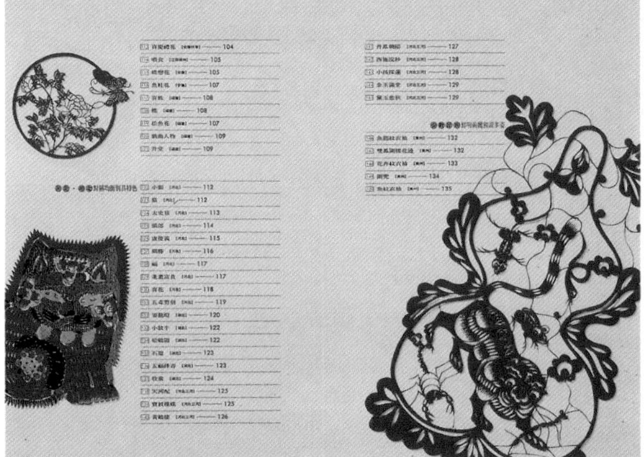

民間藝術封面・版面設計
D　李純慧
AG　李純慧設計工作室
CL　藝術圖書有限公司
・1993金鼎獎／圖書類美術編輯獎

1991台灣創意百科版面設計
CD 王士朝
AD 王士朝
D 王士朝
AG 設計家出版公司
CL 設計家出版公司

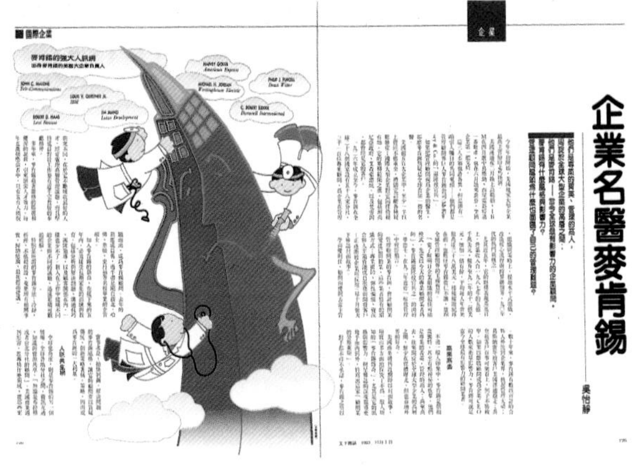

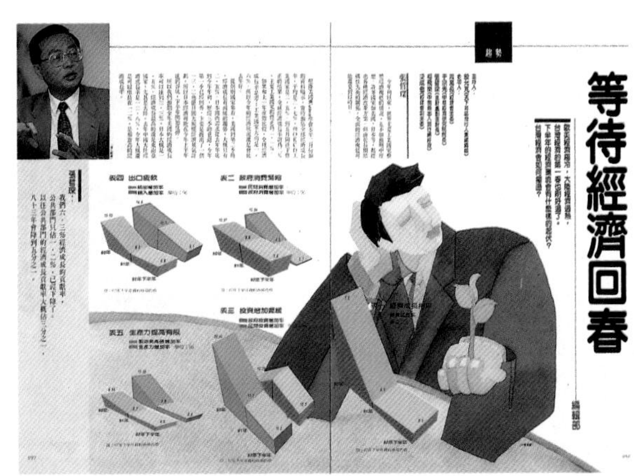

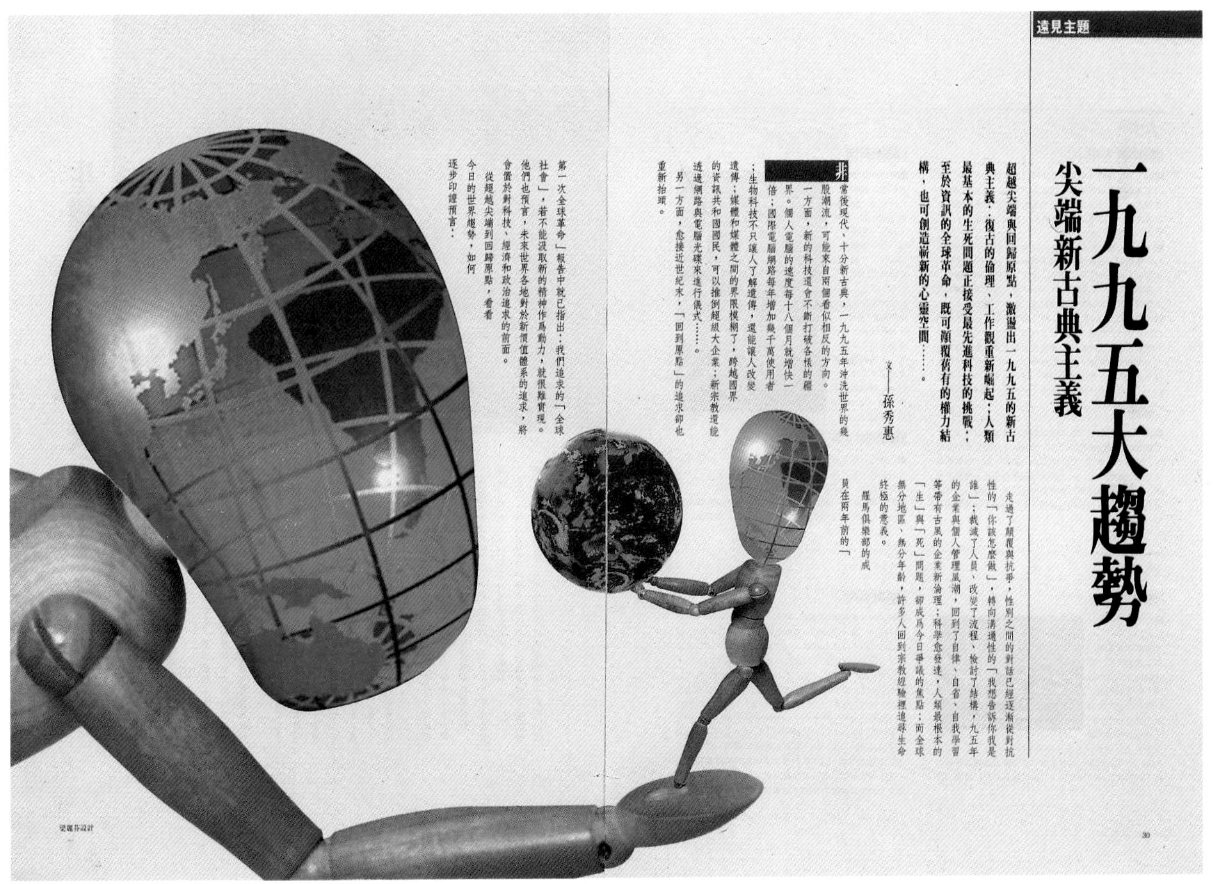

遠見主題

一九九五大趨勢
尖端新古典主義

超越尖端與回歸原點，激盪出一九九五的新古典主義：復古的倫理、工作觀重新崛起；人類最基本的生死問題正接受最先進科技的挑戰；至於資訊的全球革命，既可顛覆舊有的權力結構，也可創造嶄新的心靈空間……。

文—孫秀惠

非常後現代、十分新古典，一九九五年沖洗世界的幾股潮流，可能來自兩個看似相反的方向。

一方面，新的科技還會不斷打破各樣的疆界。個人電腦的速度每十八個月就增快一倍；國際電腦網路每年增加幾千萬使用者；生物科技不只讓人了解遺傳，還能讓人改變遺傳；媒體和媒體之間的界限模糊了，跨越國界的資訊共和國國民，可以推倒超級大企業；新宗教還能透過網路與電腦光碟來進行儀式……。

另一方面，愈接近世紀末，「回到原點」的追求卻也重新抬頭。

走過了顛覆與抗爭，性別之間的對話已經逐漸從對抗性的「你該怎麼做」，轉向溝通性的「我想告訴你我是誰」；裁減了人員、改變了流程、檢討了結構，九五年的企業與個人管理風潮，回到了自律、自省、自我學習等帶有古風的企業新倫理；科學愈發達，人類最根本的「生」與「死」問題，卻成爲今日爭議的焦點；而全球無分地區、無分年齡，許多人回到宗教經驗裡追尋生命終極的意義。

羅馬俱樂部的成員在兩年前的「第一次全球革命」報告中就已指出：我們追求的「全球社會」，若不能汲取新的精神作爲動力，就很難實現。他們也預言，未來世界各地對於新價值體系的追求，將會置於對科技、經濟和政治追求的前面。

從超越尖端到回歸原點，看看今日的世界趨勢，如何逐步印證預言：

天下「企業名醫麥肯錫」版面
D　洪雪娥
I　洪雪娥
AG　天下雜誌社
CL　天下雜誌社

天下「等待經濟回春」版面
D　洪雪娥
I　洪雪娥
AG　天下雜誌社
CL　天下雜誌社

遠見「1995大趨勢」版面設計
CD　梁麗芬
D　梁麗芬
AG　遠見雜誌社
CL　遠見雜誌社

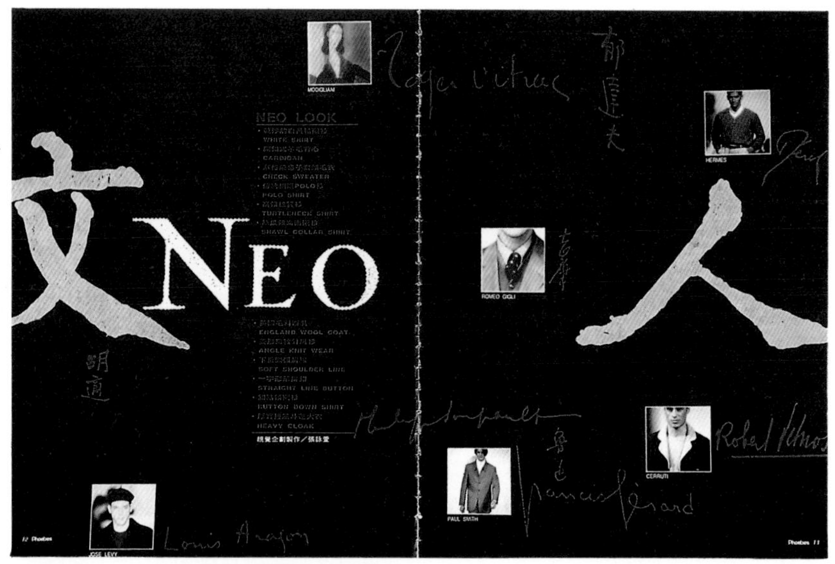

芙蓉坊「文人主義」版面設計
CD 張瑜芳
AD 張詠萱
D 張詠萱
AG 圓工作室
CL 芙蓉坊雜誌社

印刷與設計雜誌
第70期封面設計
D　王炳南
I　王炳南
AG　歐普設計有限公司
CL　印刷與設計雜誌社

印刷與設計雜誌
第72期封面設計
D　魏正
I　魏正
AG　艾肯形象策略公司
CL　印刷與設計雜誌社

印刷與設計雜誌
第75期封面設計
CD　陳永基
AD　陳永基
D　陳永基
P　凸出攝影公司
AG　陳永基設計公司
CL　印刷與設計雜誌社

印刷與設計雜誌
第85期封面設計
D　樊哲賢
I　樊哲賢
AG　紅方設計有限公司
CL　印刷與設計雜誌社

印刷與設計雜誌
第87期封面設計
CD　黃振華
AD　馮德偉、黃振華
D　黃玉卿、馮德偉
I　馮德偉
AG　計劃設計工作室
CL　印刷與設計雜誌社

印刷與設計雜誌
100期封面設計
CD　楊宗魁
AD　楊宗魁
D　楊宗魁
AG　印刷與設計雜誌社
CL　印刷與設計雜誌社

正隆紙業公司英文年報
CD 王德華
AD 高村博臣
D 洪惠嬌
P 李子健
C Mark Lamb
AG Bridge設計顧問公司
CL 正隆股份有限公司

佳能公司簡介
CD 程湘如
AD 程湘如
D 程湘如
P 陳志成
C 程湘如
AG 頑石設計事業有限公司
CL 佳能股份有限公司

原子能委員會簡介
CD 程湘如
AD 程湘如
D 程湘如
P 林益成
AG 頑石設計事業有限公司
CL 原子能委員會

蜜雪兒公司簡介
D　陳麗玉
P　劉仲栢
AG　奧美視覺管理顧問(股)
CL　蜜雪兒公司

長榮航空公司簡介
D　顏安志、陳麗玉
AG　奧美視覺管理顧問(股)
CL　長榮航空公司

中興保全公司簡介
D 李瑞卿
AG 奧美視覺管理顧問(股)
CL 中興保全公司

中興保全公司簡介
PL 孫斯美
D 顏亞微
AG 奧美視覺管理顧問(股)
CL 中興保全公司

FS&A公司簡介
CD 樊哲賢
AD 樊哲賢
D 樊哲賢、蔡青容
P 林水興
AG 紅方設計有限公司
CL 香港商標準模範市場研究顧問公司台灣分公司

和鼎資訊公司簡介
CD 樊哲賢
AD 樊哲賢
D 江玉涵
AG 紅方設計有限公司
CL 和鼎資訊股份有限公司

仁翔建設公司簡介
D 樊哲賢
AD 樊哲賢
D 樊哲賢、江玉涵
P 千琦攝影公司
AG 紅方設計有限公司
CL 仁翔建設股份有限公司

天母別墅俱樂部簡介
CD 樊哲賢
AD 樊哲賢
D 樊哲賢
P 米羅攝影公司
AG 紅方設計有限公司
CL 天母別墅俱樂部

凱傑電子簡介
CD 葉平允
D 李奕璁
I 林啓川
AG 先鋒印刷設計公司
CL 凱傑電子公司

工業技術研究院能資所簡介
CD 陳文育
AD 陳文育
D 陳文育
AG 漢光文化事業(股)
CL 工業技術研究院能資所

和泰公司簡介
CD 蔡慧貞
AD 蔡慧貞
D 蔡慧貞
P 邱春雄
C Dean Sciole
AG 傑廣創意廣告有限公司
CL 和泰股份有限公司

晉倫企業簡介
CD 蔡慧貞
AD 蔡慧貞
D 蔡慧貞
P 邱春雄
C Dean Sciole
AG 傑廣創意廣告有限公司
CL 晉倫企業公司

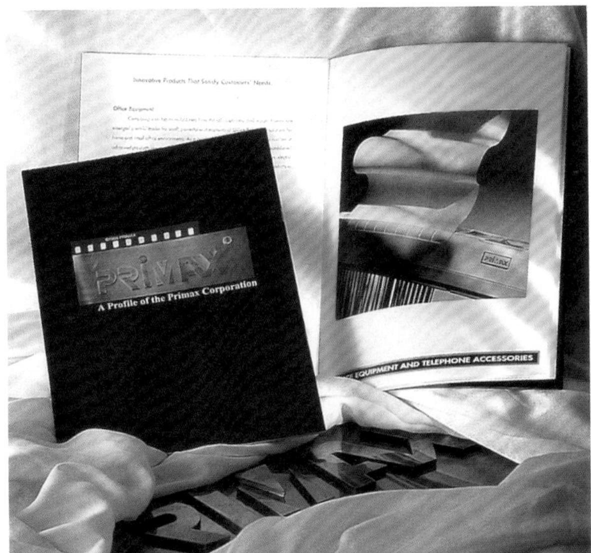

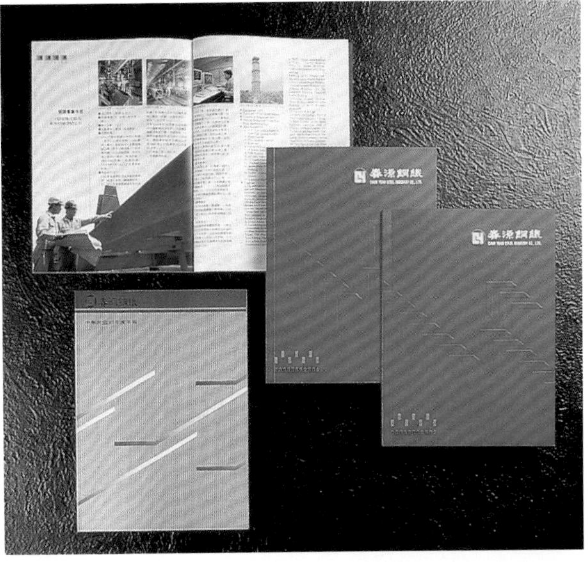

致伸公司簡介
CD 蔡慧貞
AD 蔡慧貞
D 蔡慧貞
P 邱春雄
C Dean Sciole
AG 傑廣創意廣告有限公司
CL 致伸股份有限公司

284
春源鋼鐵公司簡介及年報
AD 陳美雲
D 陳美雲
AG 集思創意設計公司
CL 春源鋼鐵股份有限公司

海碩航運公司簡介
CD 陳永基
AD 陳永基
D 陳永基
AG 陳永基設計有限公司
CL 海碩航運集團

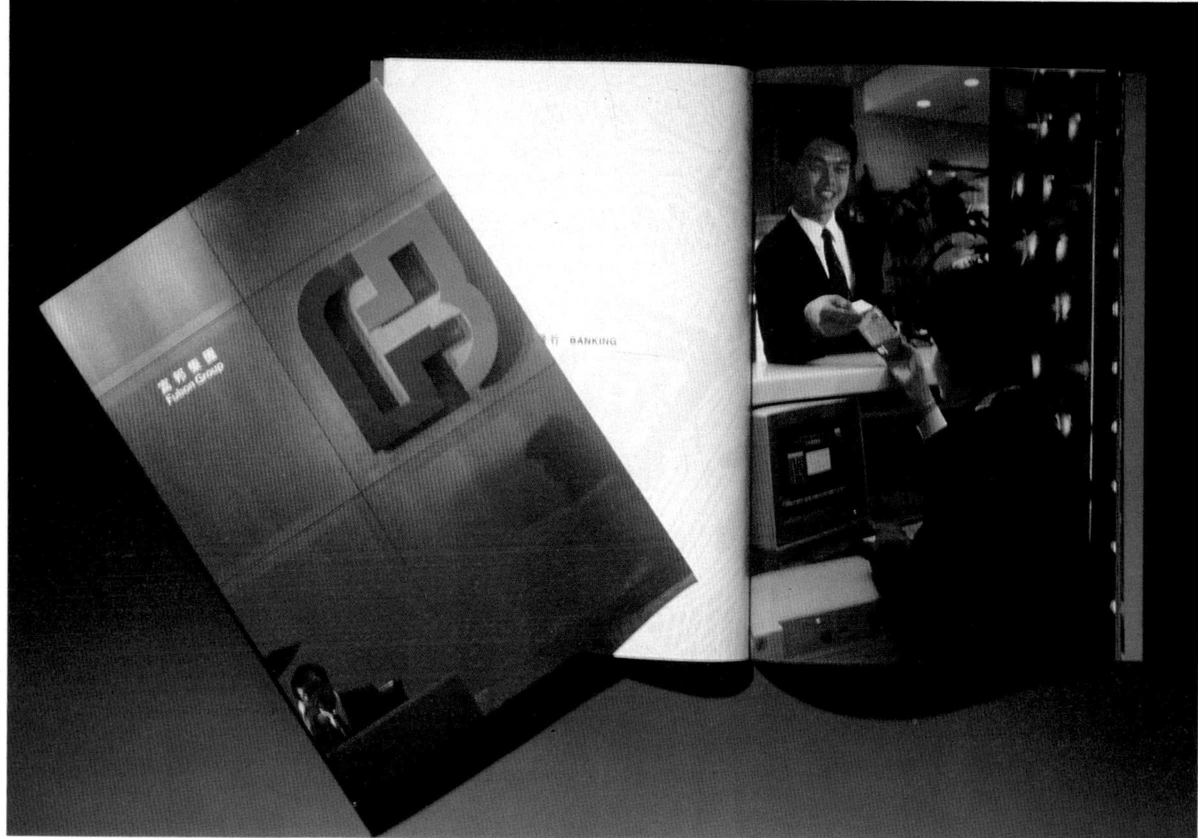

國巨公司年報
CD 蕭文平
AD 蕭文平
D 蕭文平、Gordon Hughes
P Mark Macier、Jim Winberg
AG 聯文設計股份有限公司
CL 國巨股份有限公司

富邦集團簡介
CD 蕭文平
AD 唐偉恆
D 唐偉恆
P 邱春雄
C 柯彩蓮
AG 聯文設計股份有限公司
CL 富邦集團

菁英公司簡介
CD 蕭文平
AD Gordon Hughes
D Gordon Hughes
P 邱春雄
C 柯彩蓮
AG 聯文設計股份有限公司
CL 菁英公司

聯邦銀行簡介
CD 楊慧華
AD 楊慧華
D 林杏芳
AG 鳳采設計公司
CL 聯邦銀行

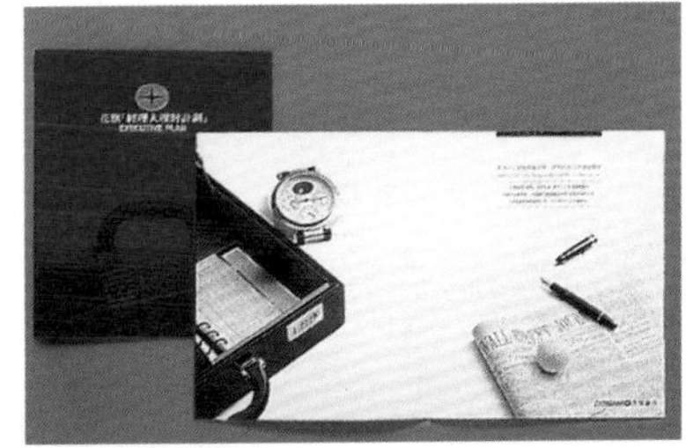

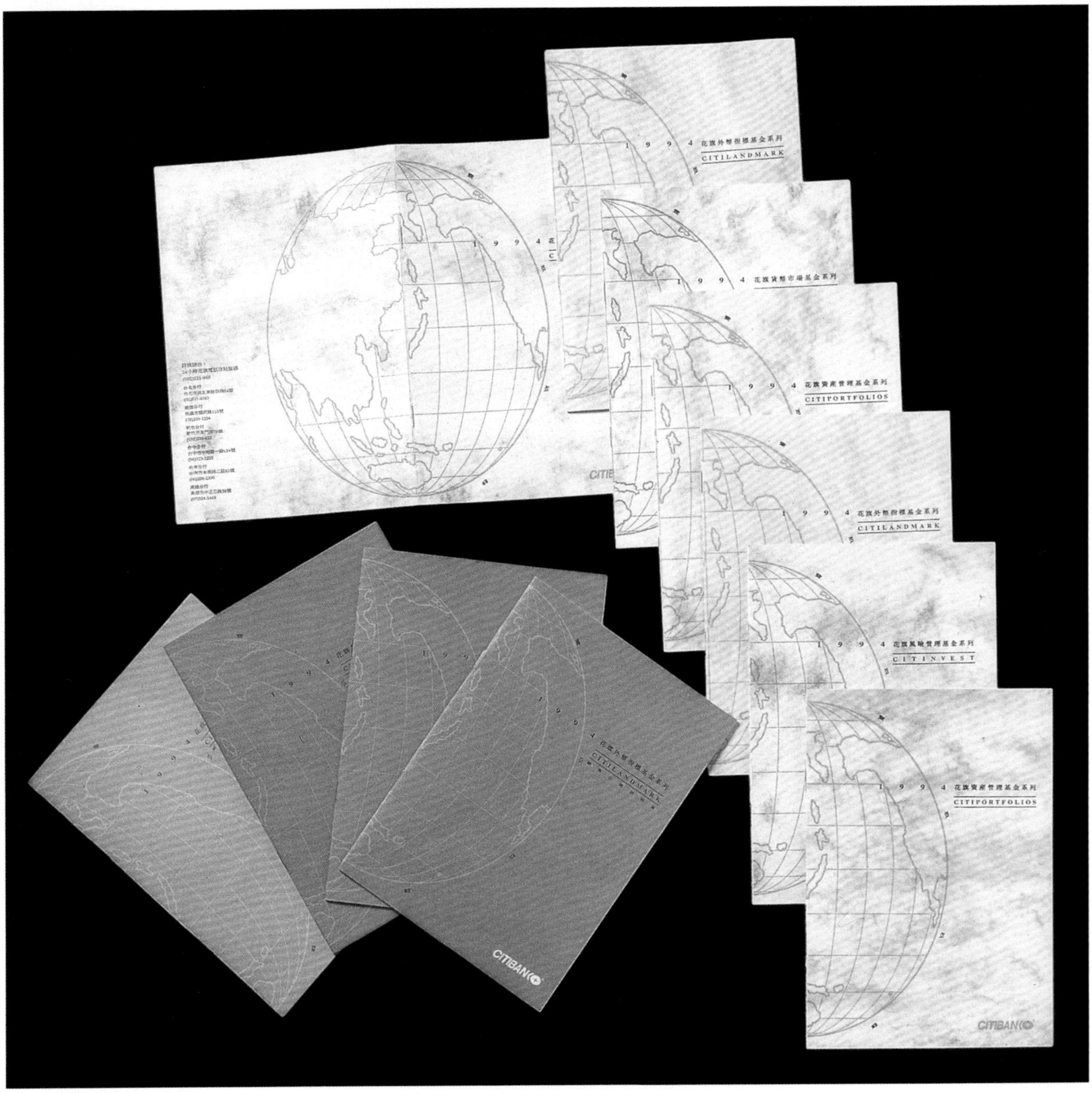

花旗「經理人理財計劃」簡介
CD 吳錦江
AD 吳錦江
D 吳錦江
AG 米開蘭創意設計公司
CL 花旗銀行

花旗銀行各類基金系列簡介
CD 吳錦江、周慧敏
AD 吳錦江、周慧敏
D 張欣華
AG 米開蘭創意設計公司
CL 花旗銀行

花旗萬戶通存款簡介
CD 吳錦江、周慧敏
AD 林昆標
D 林倍行、張欣華、明順怡
AG 米開蘭創意設計公司
CL 花旗銀行

花旗銀行各式簡介
CD 吳錦江、周慧敏
AD 林昆標
D 林昆標
AG 米開蘭創意設計公司
CL 花旗銀行

花旗銀行支票設計系列
CD 吳錦江、周慧敏
AD 吳錦江、周慧敏
D 張欣華
C 黃曉芳
AG 米開蘭創意設計公司
CL 花旗銀行

天崗塑膠機械公司簡介
CD 江佳禧
AD 江佳禧
D 黃美智
C 王宏珍
AG 樺彩企劃設計有限公司
CL 天崗塑膠機械(股)

三櫻企業簡介
CD 江佳禧
AD 江佳禧
D 黃美智
C 王宏珍
AG 樺彩企劃設計有限公司
CL 三櫻企業股份有限公司

美齊家電Wen Monitor簡介
CD 馬東光
D 馬東光
AG 山羚設計有限公司
CL 美齊家電公司

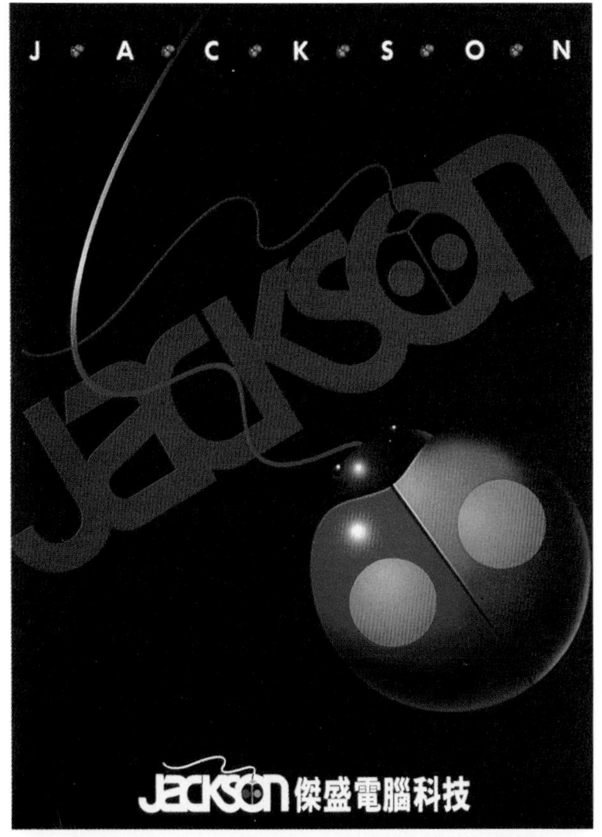

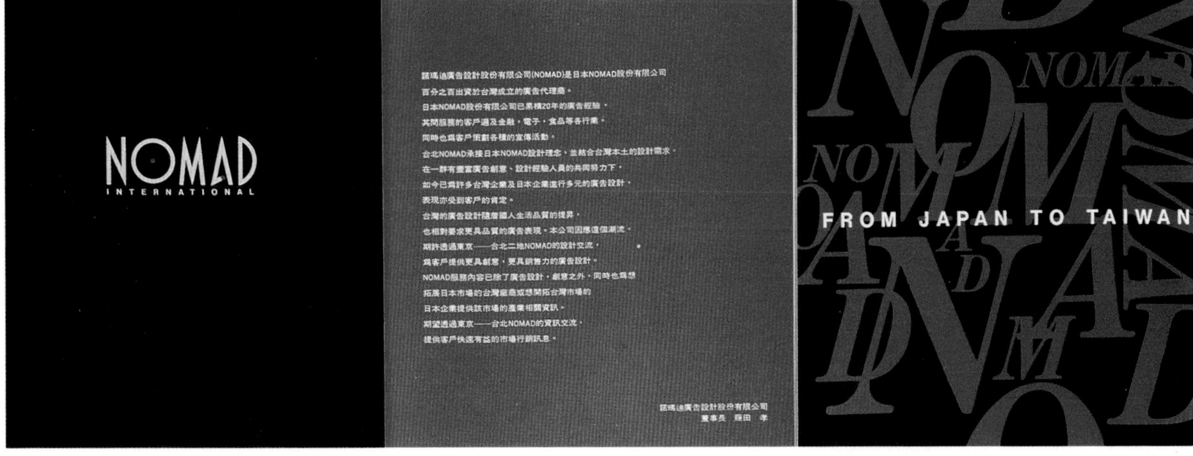

傑盛電腦科技公司簡介
CD 張正成
AD 張正成
D 張正成
AG 傑昇設計資訊(股)
CL 傑盛電腦科技公司

上允幻燈多媒體公司簡介
CD 張正成
AD 張正成
D 張正成
AG 傑昇設計資訊(股)
CL 上允幻燈多媒體公司

諾瑪迪公司簡介
AD 江幼娟
D 謝佩珊
C 藤田孝
AG 諾瑪迪廣告設計(股)
CL 諾瑪迪廣告設計(股)

光華新聞文化中心簡介
CD 李淑媛
AD 李淑媛
D 李淑媛
C 黃百齡
AG 名象廣名公司
CL 光華新聞文化中心

瑞泰纖維公司簡介
D 袁曼麗
P 河馬攝影公司
AG 莫內設計事業有限公司
CL 瑞泰纖維公司

大陸工程公司簡介
CD 趙義廣
AD 趙義廣
D 趙義廣
C 施玲芬
AG 台北達文西視覺規劃
CL 大陸工程股份有限公司

美商紐約人壽開幕簡介
AD 趙義廣
D 趙義廣
AG 台北達文西視覺規劃
CL 美商紐約人壽(股)

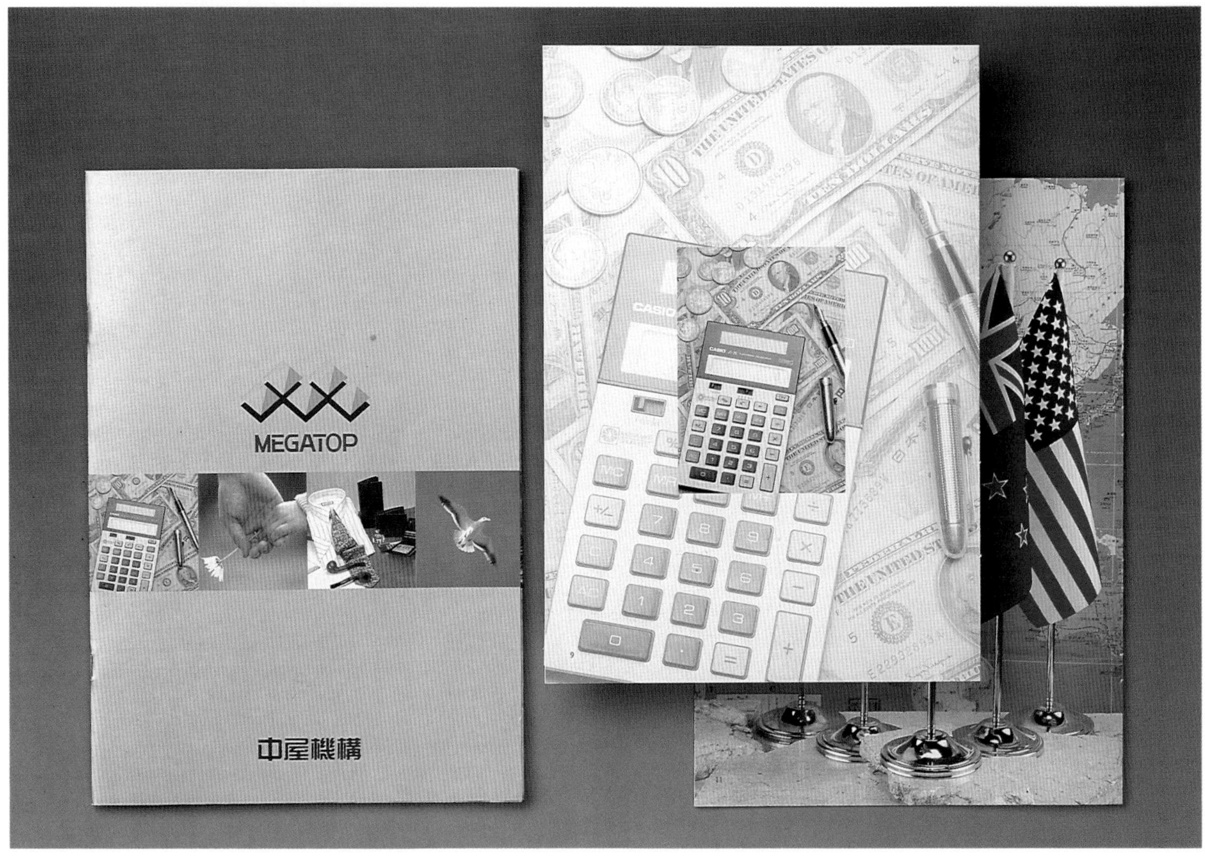

中屋機構公司簡介
CD 施尚廷
AD 劉淑玲
D 劉淑玲
P 長虹攝影公司
AG 飛達設計事業有限公司
CL 中屋機構公司

優劇場英文簡介
D 徐偉
P 潘小俠
AG 徐偉工作室
CL 優劇場

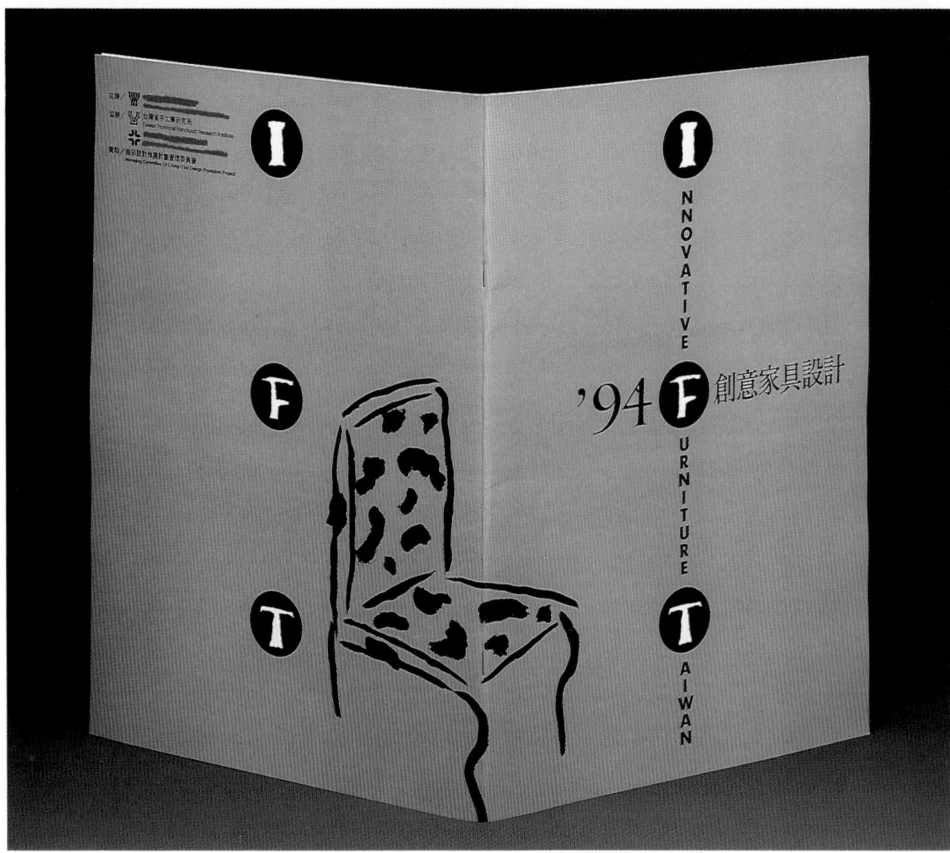

紫晶卡會員招募簡介
AD 陳美雲
D 陳美雲
AG 集思創意設計公司
CL 雞逢廬多元文化思想導引機構

創意家具設計簡介
AD 徐秀美
D 徐秀美
P 林日山、呂理煌
AG 徐秀美工作室
CL 台灣省手工業研究所

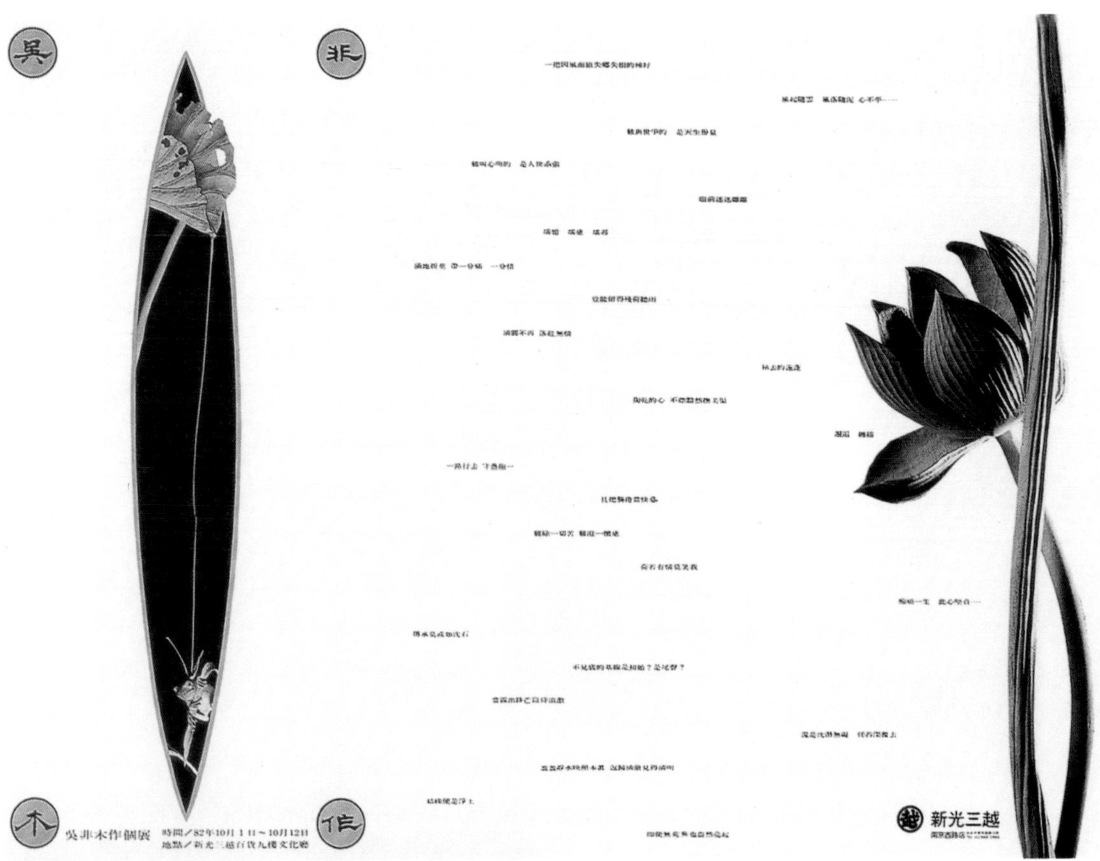

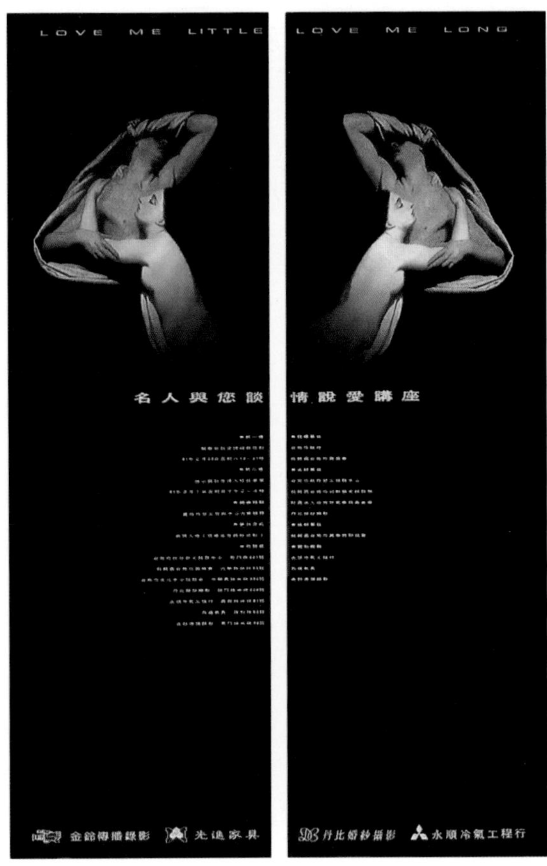

吳非木刻個展簡介
AD 李根在
D 李根在
AG 李根在平面設計工作室
CL 力源工作坊

名人與您談情說愛講座簡介
D 何宗勳
C 何宗勳
AG 何宗勳廣告企劃工作室
CL 丹比婚紗攝影公司

Taiwan Fashion布料展簡介
CD 柯鴻圖
AD 余皓麗
D 傅劍菁
P 賴惠成
AG 竹本堂文化事業(股)

1995 ICSID台北大會簡介
CD 程湘如
AD 程湘如
D 程湘如、陳純華
AG 頑石設計事業有限公司

台北法國學校簡介
AD 郭雅玲
D 郭雅玲
P 台北法國學校
C 台北法國學校
AG 緻感設計工作室
CL 台北法國學校

台北打擊樂團簡介
CD 陳立君
AD 陳立君
D 陳立君
P 謝安
C 陳振馨
AG 陳立君視覺工房
CL 台北打擊樂團

亞洲不織布產品展覽會特刊
D 戴秀菁
P 戴秀菁
AG 戴設計有限公司
CL 台灣區不織布公會

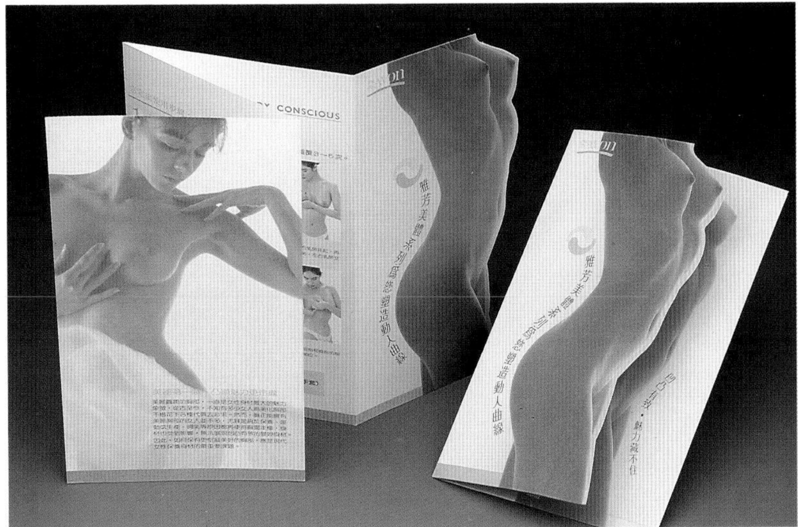

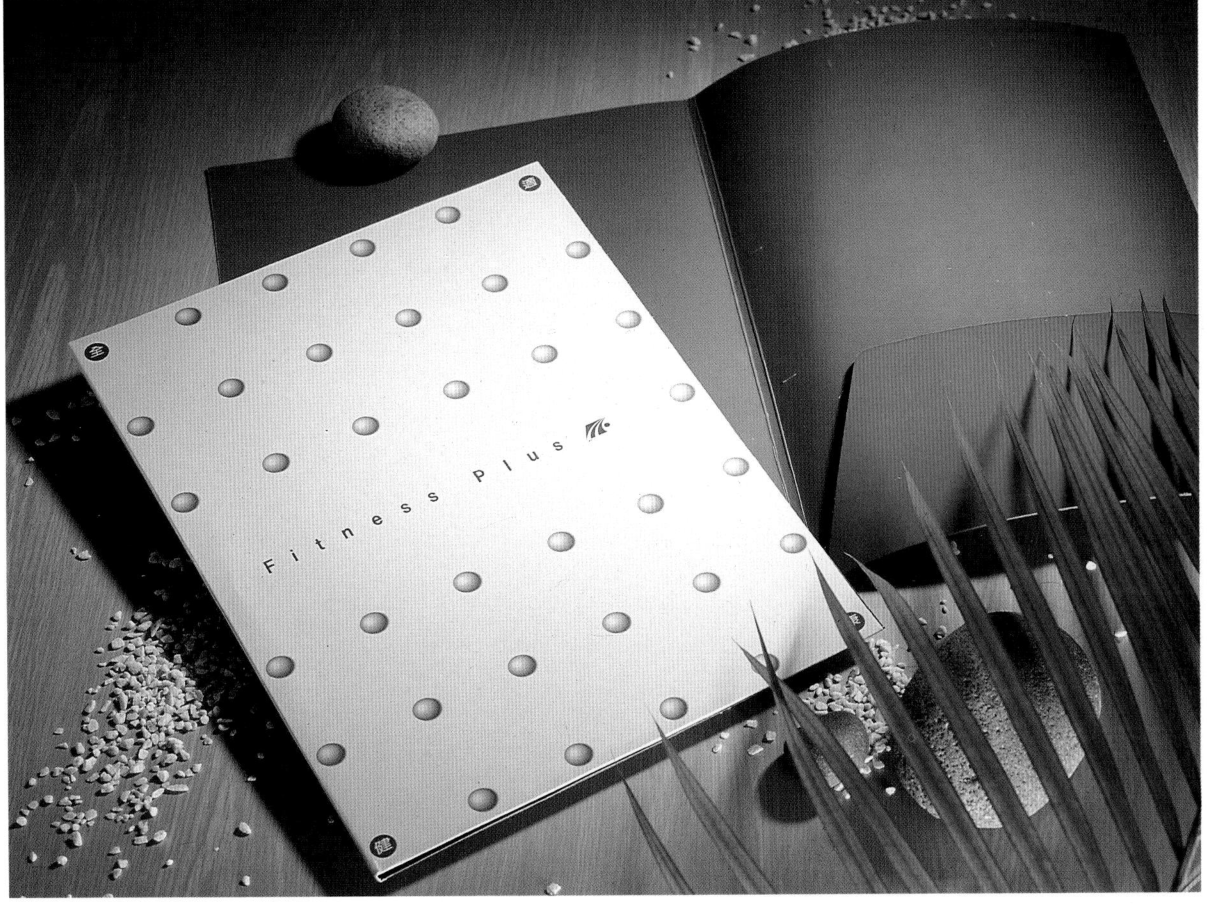

雅芳美體護膚簡介
D　何孝懿
AG　台灣雅芳股份有限公司
CL　台灣雅芳股份有限公司

NEC File夾
AD　江幼娟
D　許歡
AG　諾瑪迪廣告設計(股)
CL　台灣NEC股份有限公司

全適公司文件夾
CD　樊哲賢
AD　樊哲賢
D　樊哲賢、陳春江
AG　紅方設計有限公司
CL　全適健康事業(股)

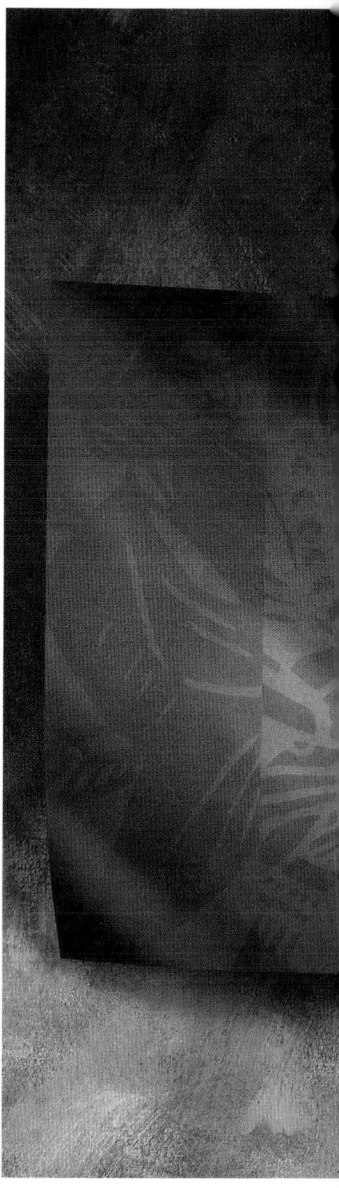

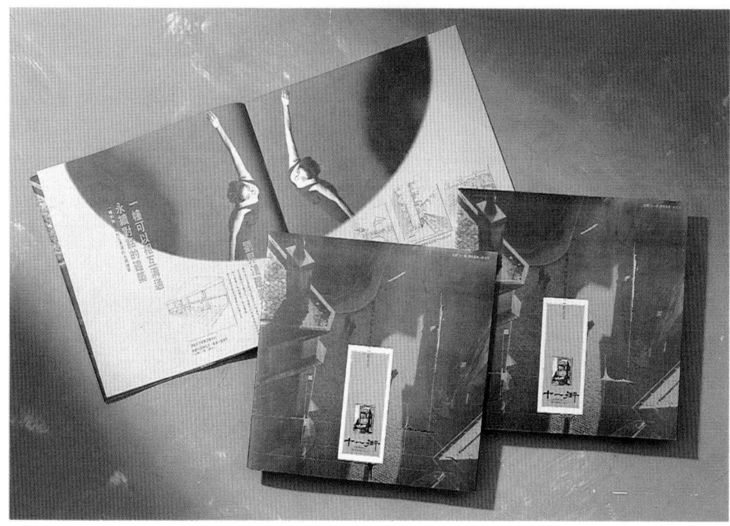

視康光心藍簡介
AD 程湘如
D 王薇
AG 頑石設計事業有限公司
CL 視康股份有限公司

寶輝建設十一街簡介
CD 許責蓮
AD 許責蓮
D 許責蓮
AG 當代企劃、特寫廣告
CL 寶輝建設公司

唐臣建設新巢簡介
CD 許責蓮
AD 許責蓮
D 黃淑琪
AG 當代企劃、特寫廣告
CL 唐臣建設公司

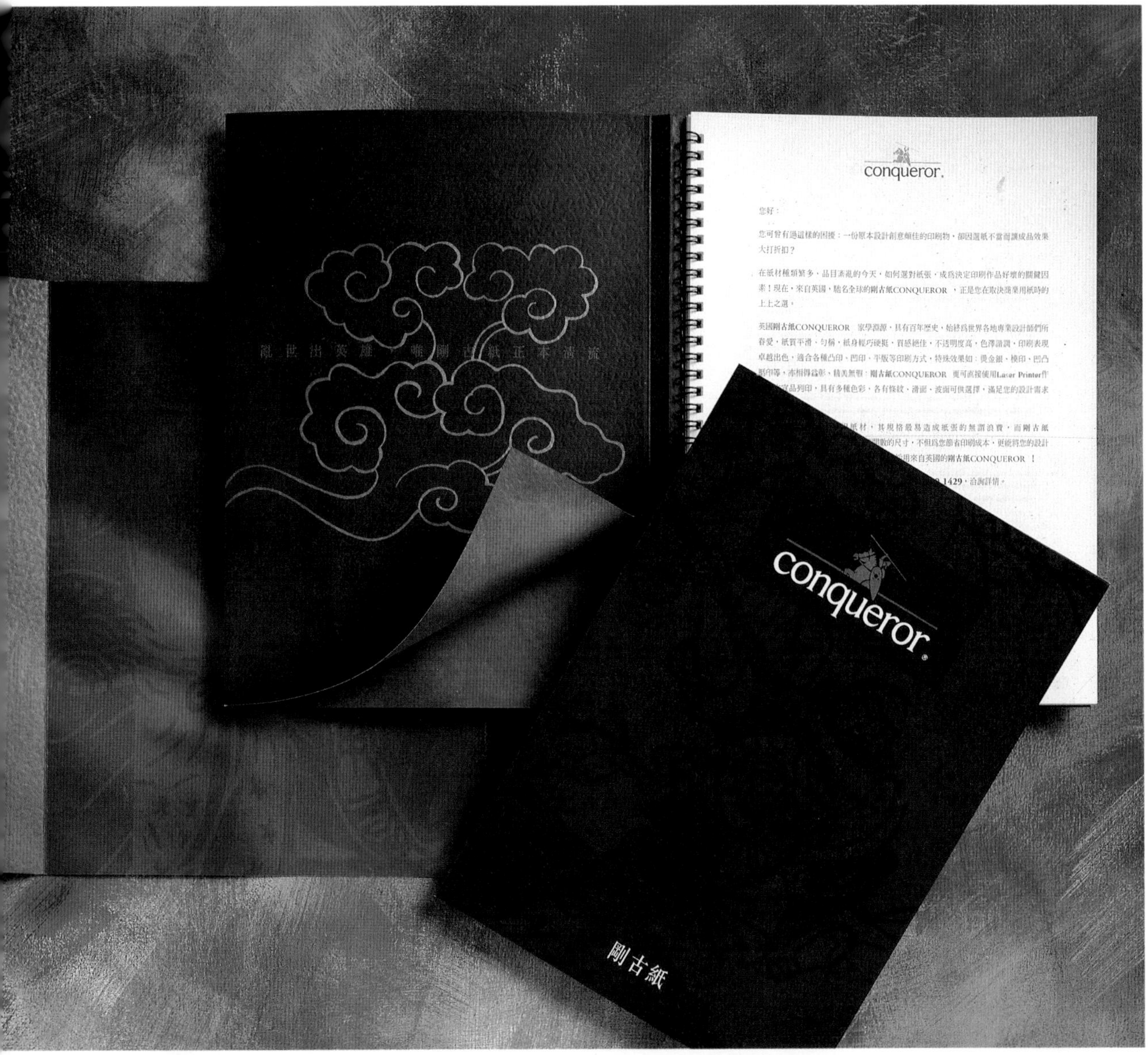

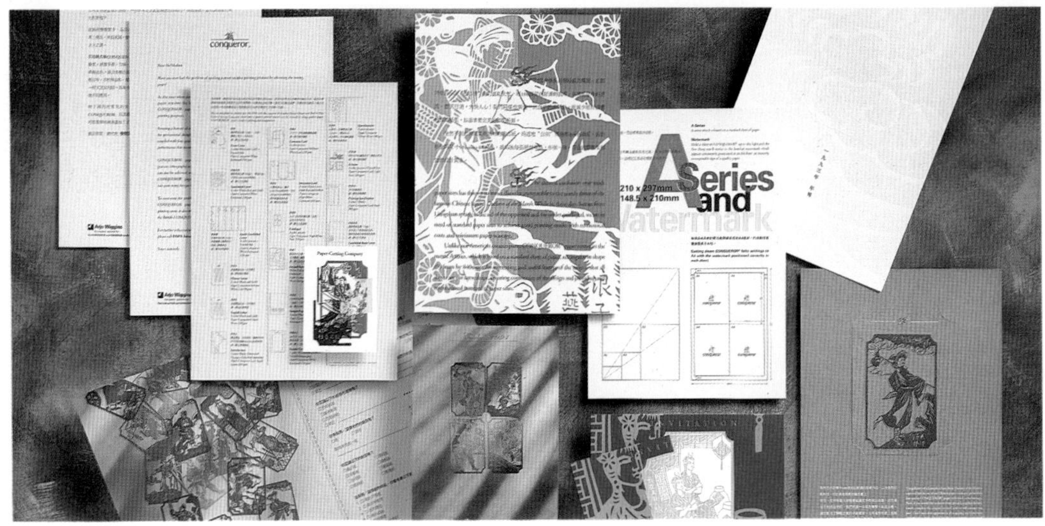

英國剛古紙產品簡介
CD 林志堅
AD 劉福祥
D 劉福祥
P 朝代攝影公司
C 孟上勇
AG 藝蜀設計有限公司
CL 安帕貿易股份有限公司

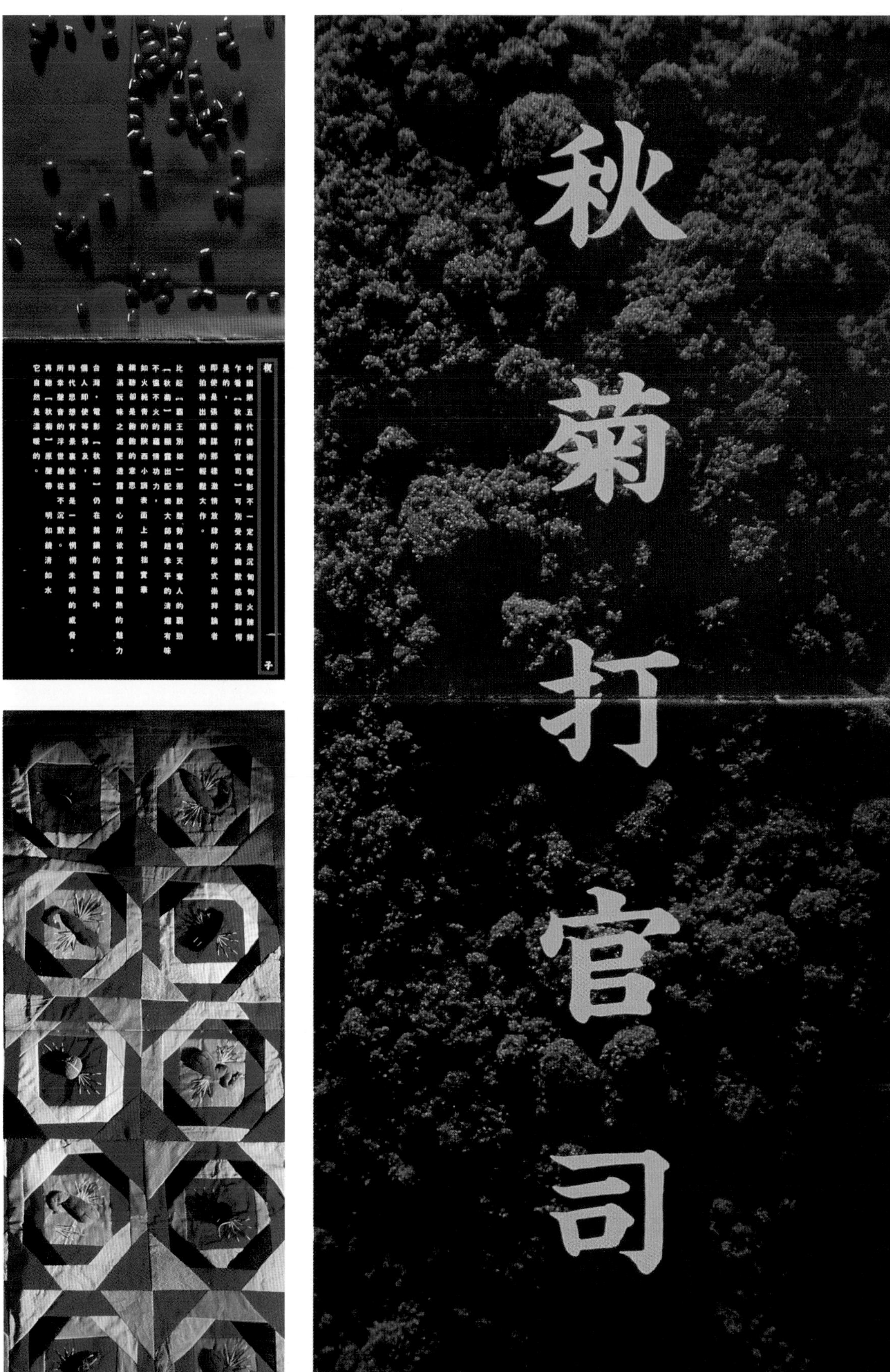

秋菊打官司電影CD簡介
CD　徐昌國
AD　徐昌國
D　徐昌國
P　張詠萱
AG　圜工作室
CL　滾石唱片股份有限公司

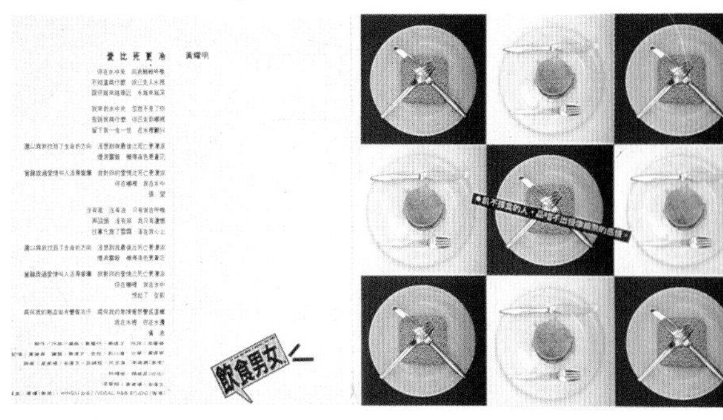

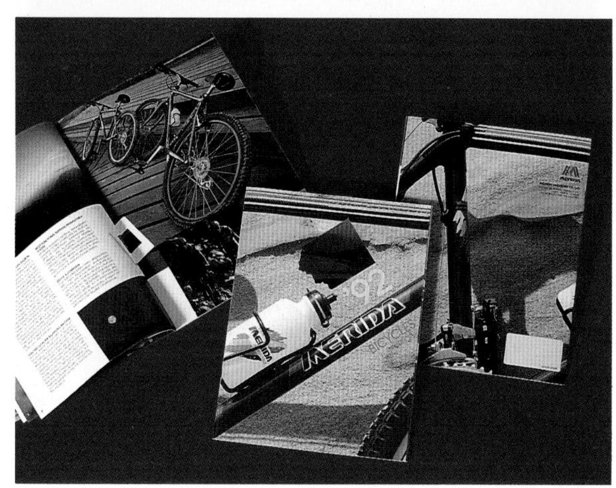

飲食男女電影CD簡介
CD 徐昌國
AD 徐昌國
D 徐昌國
P 張詠萱
AG 圜工作室
CL 滾石唱片股份有限公司

英國唐寧花草茶系列簡介
AD 陳永基
D 陳永基、唐聲威
I 唐聲威
AG 陳永基設計有限公司
CL 德記洋行

Computer Metal Case簡介
AD 羅金泉
D 羅金泉
P 袁榮峰
AG 羅盟設計有限公司
CL 諾維亞國際有限公司

336
美利達外銷簡介
CD 廖哲夫
AD 張瑞琦
D 張瑞琦
AG 楓格形象設計有限公司
CL 美利達工業(股)

HONDA
CV3

HONDA
CV3
CV3何止是好看

HONDA
CV3

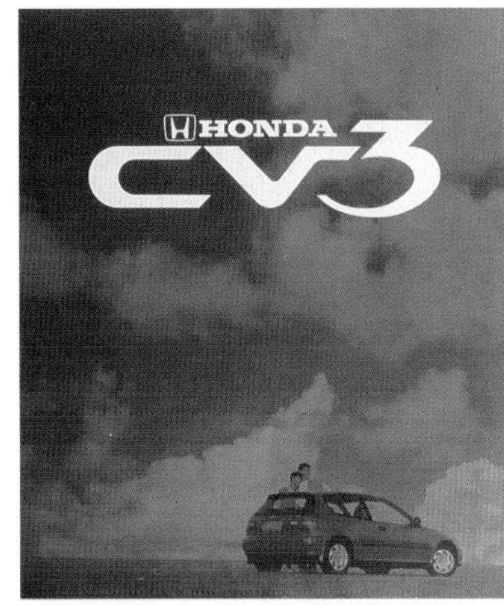

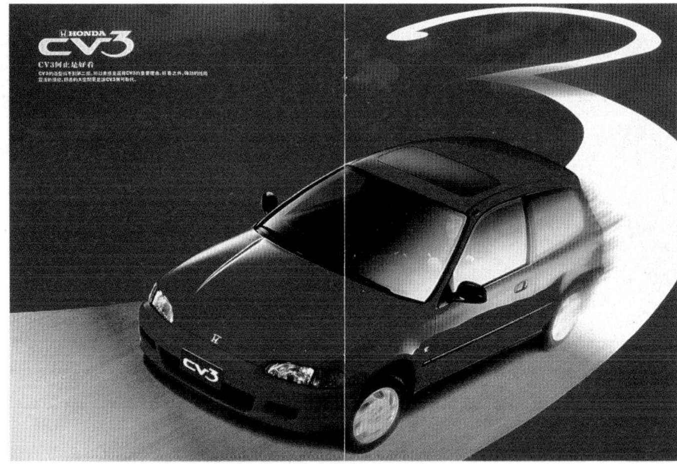

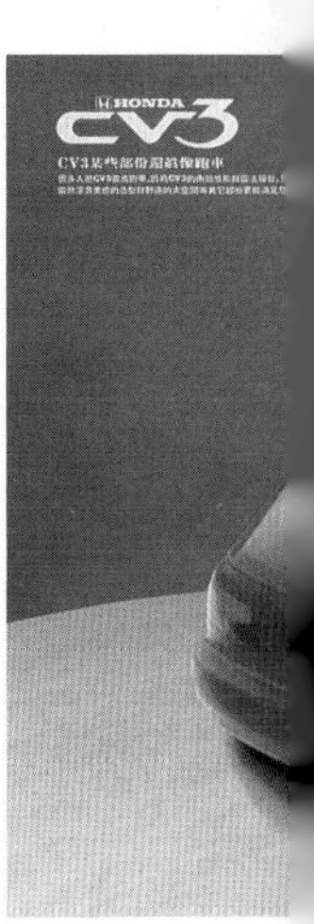

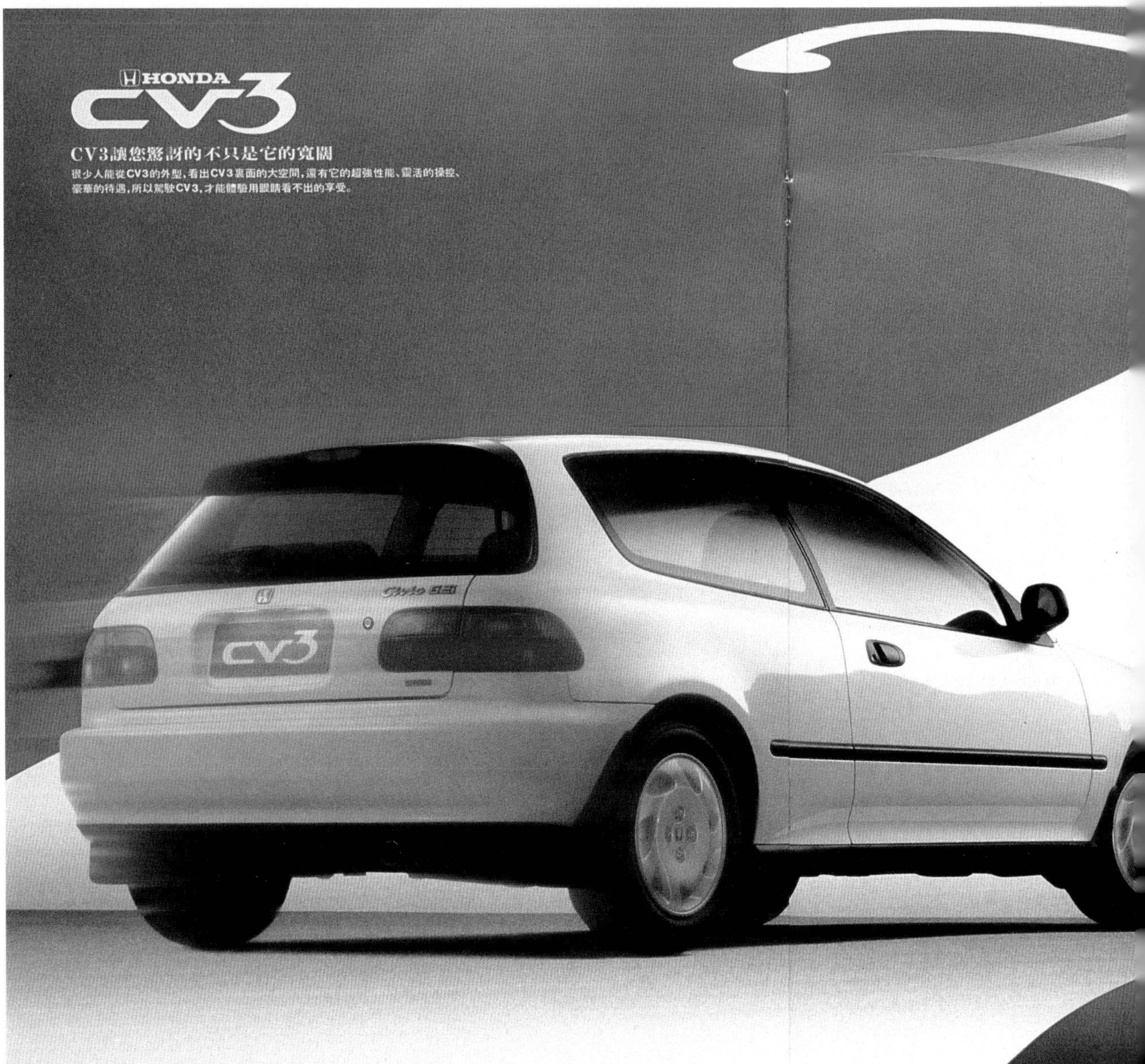
HONDA
CV3
CV3讓您驚訝的不只是它的寬闊
很少人能從CV3的外型，看出CV3裏面的大空間，還有它的超強性能、靈活的操控、
豪華的待遇，所以駕駛CV3，才能體驗用眼睛看不出的享受。

喜美CV3簡介
CD　渡邊隆雄
AD　陳彥初
D　陳彥初
C　鄧雅文
AG　博陽廣告股份有限公司
CL　南陽實業股份有限公司

喜美VTI簡介
CD 渡邊隆雄
AD 陳彥初
D 陳彥初
C 胡至宜
AG 博陽廣告股份有限公司
CL 南陽實業股份有限公司

德行不動產敦北帝王簡介
CD 周慧敏
AD 周慧敏
D 周慧敏
C 宋述宜
AG 周慧敏工作室
CL 德行不動產顧問公司

上禮食品公司型錄
CD 周慧敏
AD 周慧敏
D 周慧敏
P 潘家祥
AG 周慧敏工作室
CL 上禮食品公司

四方木業公司型錄
AD 李三元
D 陳瓊鳳
P 田明威
C 李三元
AG 精辰社廣告設計公司
CL 四方木業股份有限公司

長瑩公司紙樣型錄
CD 王威遠
D 吳貝德
C 謝韻雅
AG 熊族設計股份有限公司
CL 長瑩國際股份有限公司

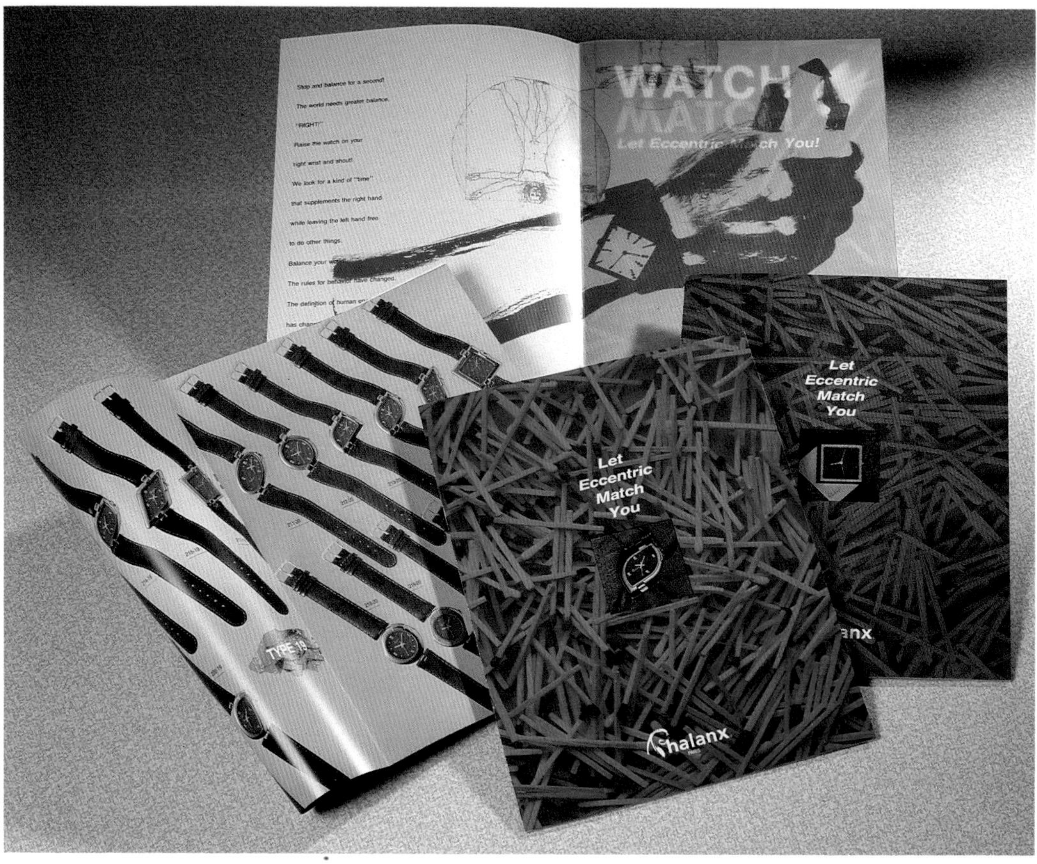

Phalanx手錶系列型錄
CD 廖哲夫
AD 張瑞琦
D 張瑞琦
AG 楓格形象設計有限公司
CL 會聯有限公司

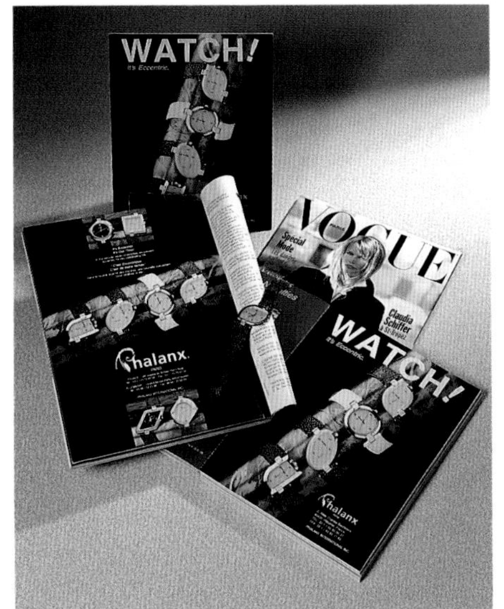

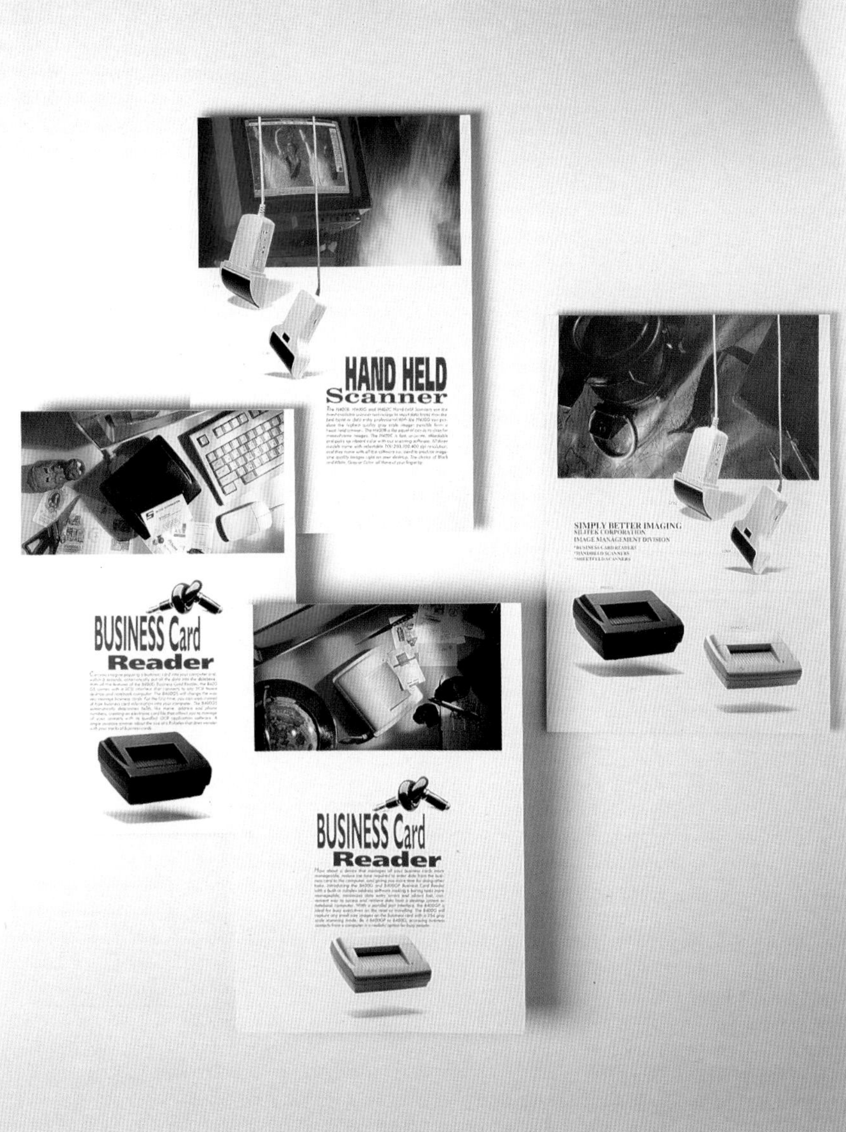

1992 collezione primavera/estate

旭麗公司新產品型錄
D　陳昱新
AG　鼎諾文化事業有限公司
CL　旭麗股份有限公司

E.T.Boy童裝型錄
CD　吳哲誠
AD　何國華
D　楊國樑
AG　果果企劃設計有限公司
CL　麵包村童裝公司

NobleStar童裝型錄
CD　吳哲誠
AD　何國華
D　游竹弘
AG　果果企劃設計有限公司
CL　巧比服飾開發公司

Puma運動產品型錄
CD 何建新
AD 許豐明
D 許豐明
AG 漢瓊廣告公司
CL 港商利頗敏獲億多(股)

Sax女鞋型錄
CD 高健騰
AD 高健騰
D 高健騰
P 趙立人
AG 眞義廣告有限公司
CL 上威有限公司

Proway自行車燈型錄
CD 高健騰
AD 高健騰
D 高健騰
P 趙立人
AG 眞義廣告有限公司
CL 合宇實業股份有限公司

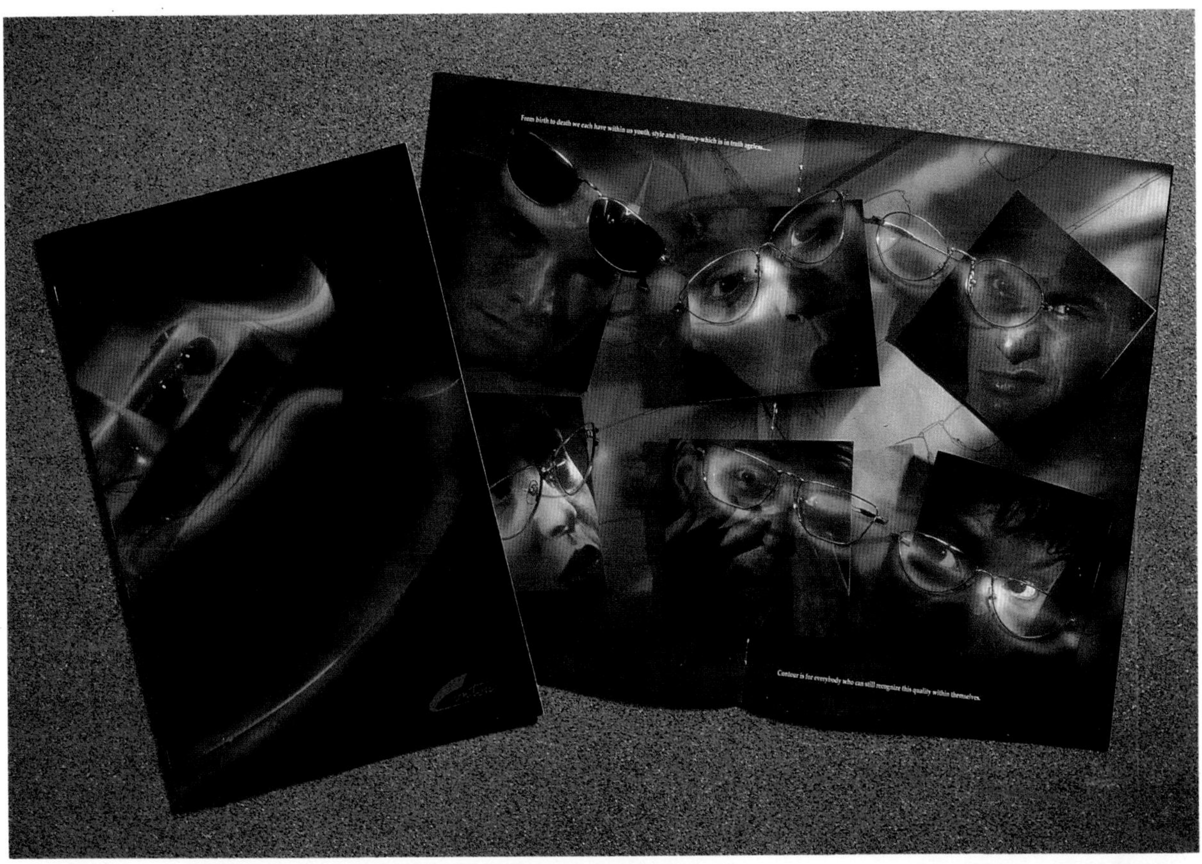

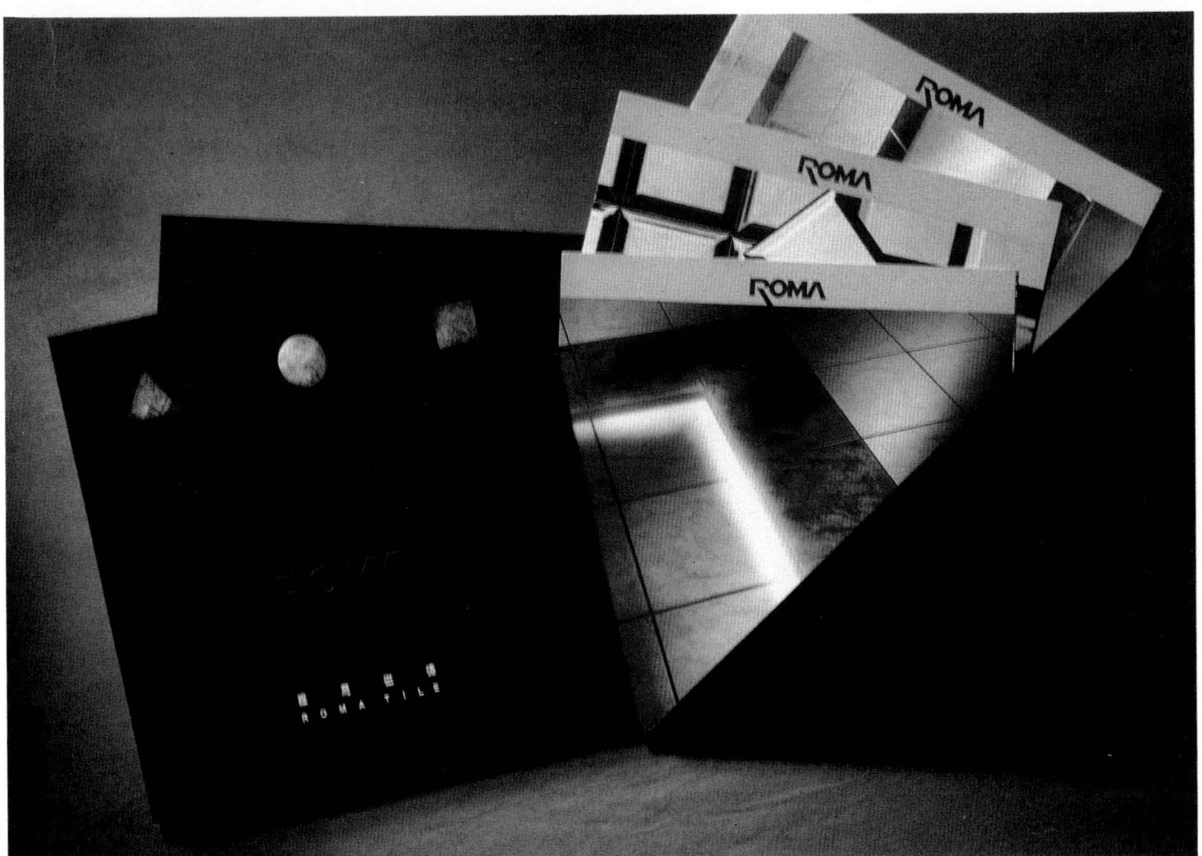

文德光學公司產品型錄
CD 蕭文平
AD 蕭文平
D Gordon Hughes
P 邱春雄
AG 聯文設計股份有限公司
CL 文德光學股份有限公司

榮聯陶瓷產品型錄
CD 蕭文平
AD 蕭文平
D Gordon Hughes
P 邱春雄
C 柯彩蓮
AG 聯文設計股份有限公司
CL 榮聯陶瓷工業(股)

愛瑪瑞燈具型錄
CD 蔡建國
D 蔡建國
P 黃政義
AG 迦恩設計規劃事務所
CL 愛瑪瑞實業(股)

黛安芬內衣綜合型錄
CD Wudi
AD 鄭筱芬
D 鄭筱芬
P 何映庭
C 許嘉玲
AG 吳的設計工作室
CL 黛安芬公司

聯統廣告公司簡介
AD 鄭忠煒
D 翁小娟
C 黃盈瑞
AG 迪爾設計顧問有限公司
CL 聯統廣告股份有限公司

肯達公司辦公文具型錄
AD 羅金泉
D 羅金泉
P 袁榮峰
AG 羅盟設計有限公司
CL 肯達有限公司
• 收錄於1994 The Graphic Designers

楊能碳纖公司產品型錄
CD 江佳禧
AD 江佳禧
D 黃美智
I 江佳禧
C 王宏珍
AG 樺彩企劃設計有限公司
CL 楊能碳纖股份有限公司

Kaleido太陽眼鏡DM
CD 樊哲賢
AD 樊哲賢
D 樊哲賢、江玉涵
P 林水興
C Karen Brux
AG 紅方設計有限公司
CL 泰林國際股份有限公司

絲之華企業產品DM
AD 陳美雲
D 陳美雲
AG 集思創意設計公司
CL 絲之華企業(股)

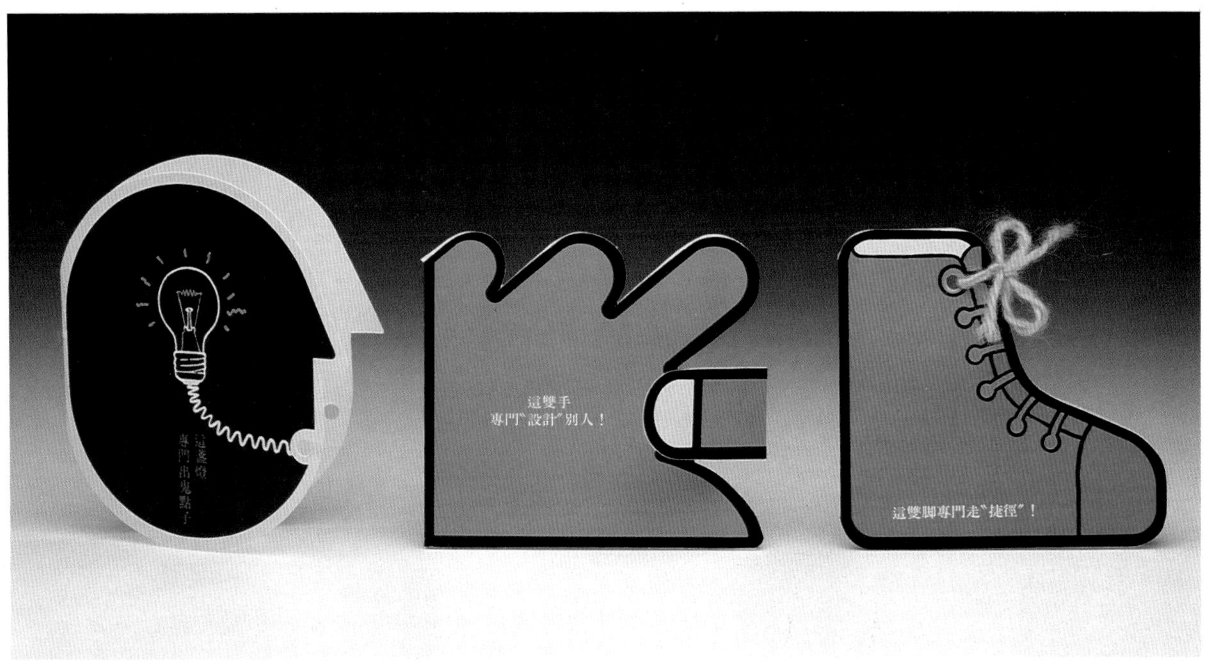

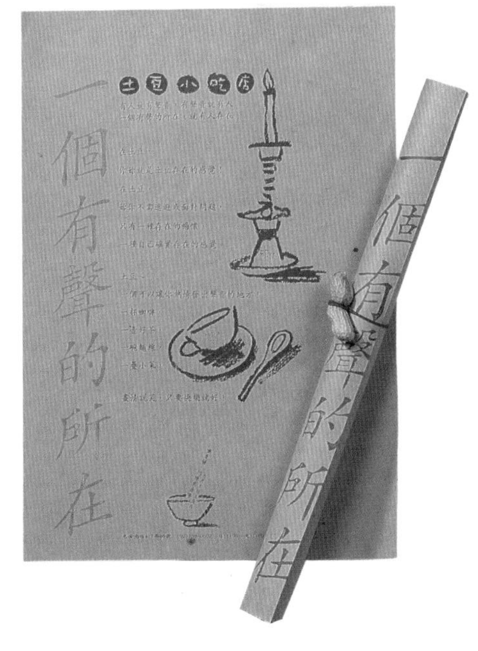

自由式廣告公司DM
CD 張震德
AD 張震德
D 張震德
C 楊梨鶴
AG 張震德個人工作室
CL 自由式廣告公司

新生態藝術環境展覽DM
CD 蘇建源
AD 蘇建源
D 蘇建源
AG 新生態藝術環境公司
CL 新生態藝術環境公司

瑞益磁磚DM
AD 吳昌龍
D 魏士欽
P 周莊
AG 魔術館有限公司
CL 瑞益磁磚公司

土豆小吃店DM
CD 詹雅惠
AD 黃淑惠
D 黃淑惠
I 黃淑惠
C 余敏如
AG 土豆小吃店
CL 土豆小吃店

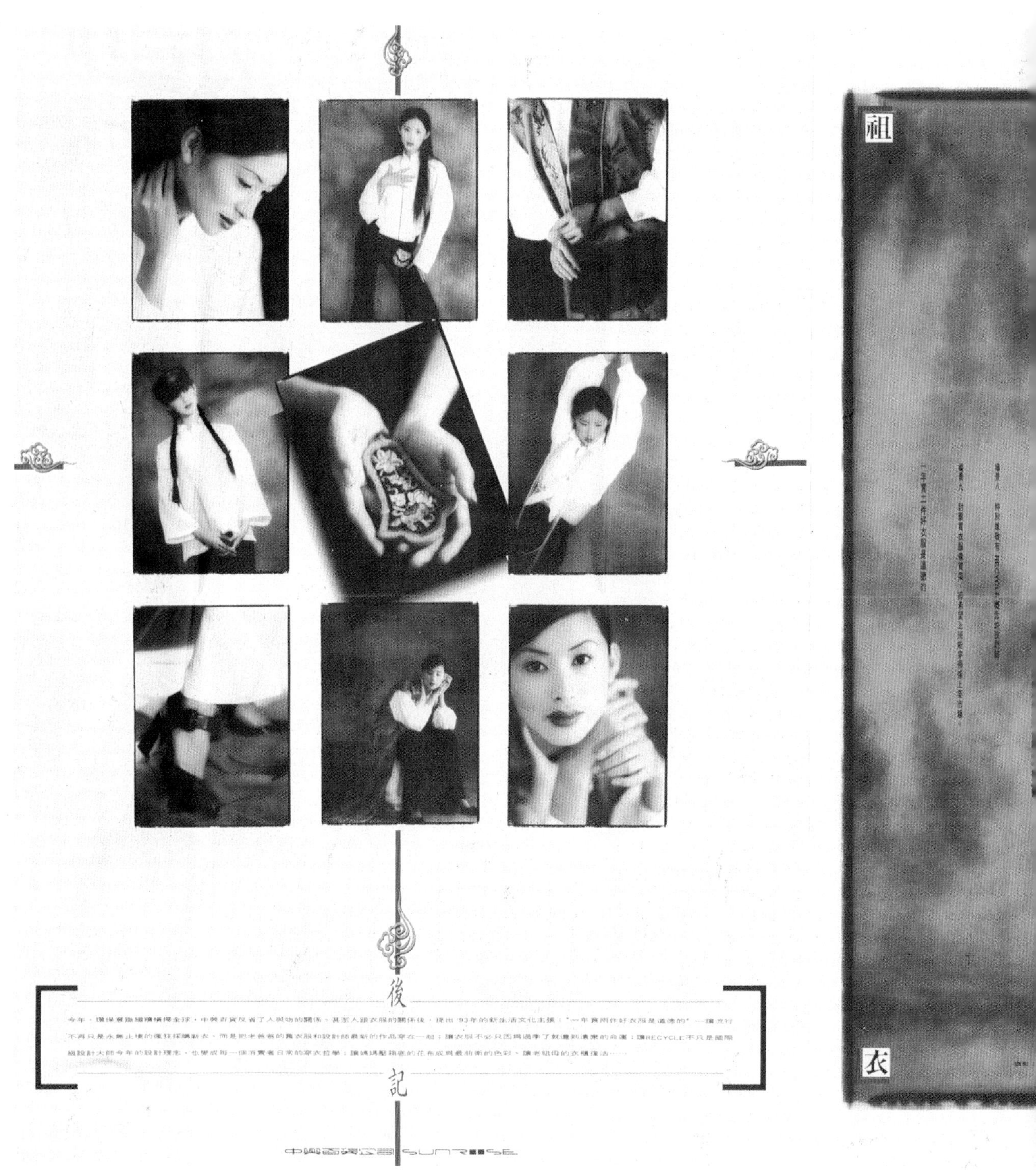

中興百貨DM
D　林建宏
AG　中興百貨公司
CL　中興百貨公司

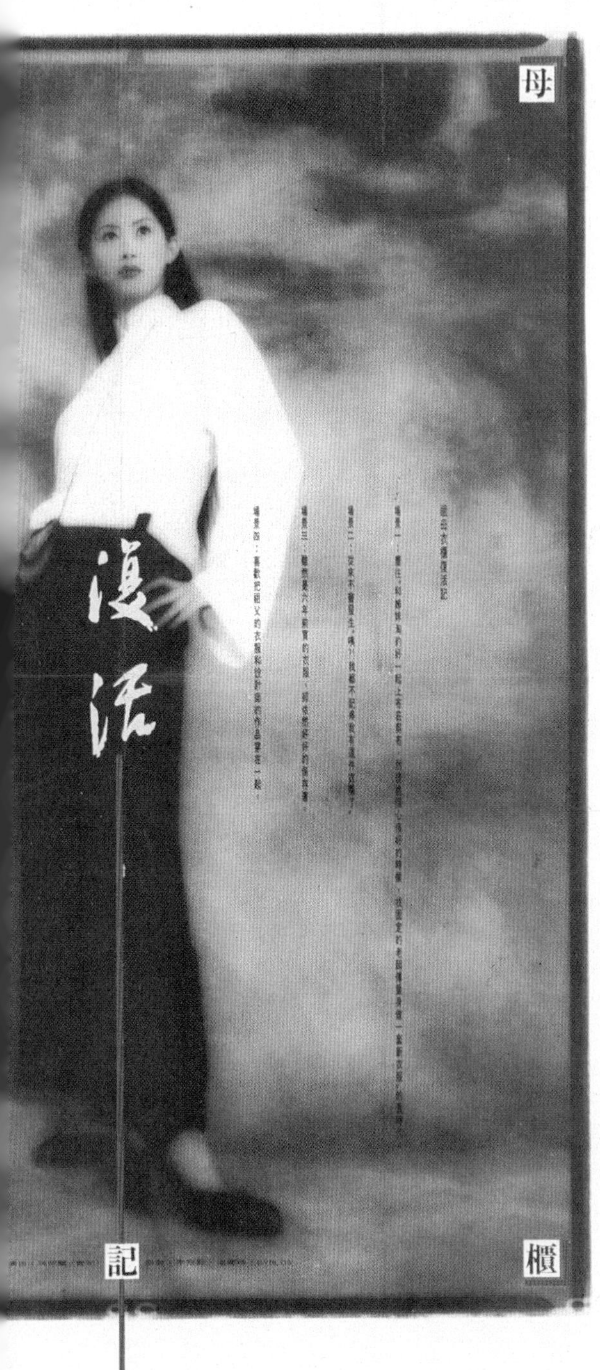

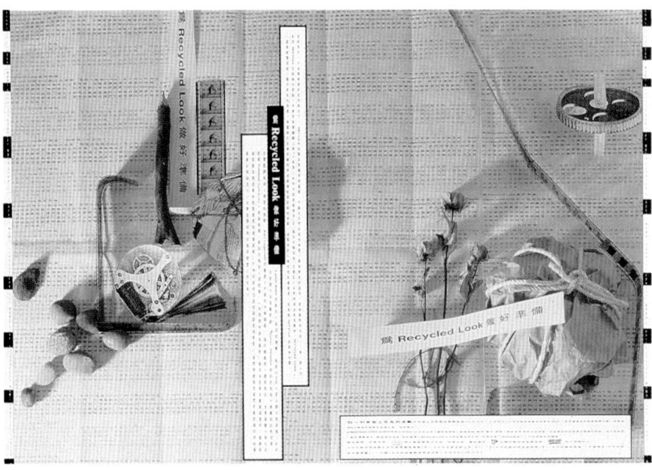

北士設計公司形象DM
CD 唐聖瀚
AD 唐聖瀚
D 李文第
P 宋述山
I 李文第
AG Pace Productions
CL Pace Productions

漢光文化公司名寶上珍DM
CD 陳文育
AD 陳文育
D 陳文育
P 莊崇賢
C Brian Klingborg
AG 漢光文化事業(股)
CL 漢光文化事業(股)

第一信託開幕DM
CD 楊慧華
AD 楊慧華
D 林杏芳
AG 鳳采設計公司
CL 第一信託投資(股)

雅世攝影設計公司DM
CD 陳志成
D 周大琦
P 孫啓恩、陳志成
AG 雅世攝影設計有限公司
CL 雅世攝影設計有限公司

宏泰建設一本萬利DM
AD 林勝聰
D 林勝聰
I 林勝聰
C 許津津
AG 林勝聰視覺設計所
CL 宏泰建設股份有限公司

夏姿國際服飾公司耶誕卡
CD 陳永基
AD 陳永基
D 陳永基
AG 陳永基設計有限公司
CL 夏姿國際服飾有限公司

富通攝影公司耶誕卡
CD 陳永基
AD 陳永基
D 陳永基
C 陳永基
AG 陳永基設計有限公司
CL 富通攝影有限公司

中華賓士汽車耶誕卡
CD 陳永基
AD 陳永基
D 陳永基
AG 陳永基設計有限公司
CL 中華賓士汽車(股)

Community Transit耶誕卡
D 戴秀菁
I 戴秀菁
C Jessica Vania
AG 戴設計有限公司
CL Community Transit, Seattle, WA.USA

山進短波賀年卡
CD 張震德
AD 張震德
D 張震德
AG 張震德個人工作室
CL 山進電子公司

1991歐普設計公司賀年卡
CD 王炳南
D 王炳南
AG 歐普設計有限公司
CL 歐普設計有限公司

1994歐普設計公司賀年卡
CD 王炳南
D 王炳南
C 董瑞瑾
AG 歐普設計有限公司
CL 歐普設計有限公司

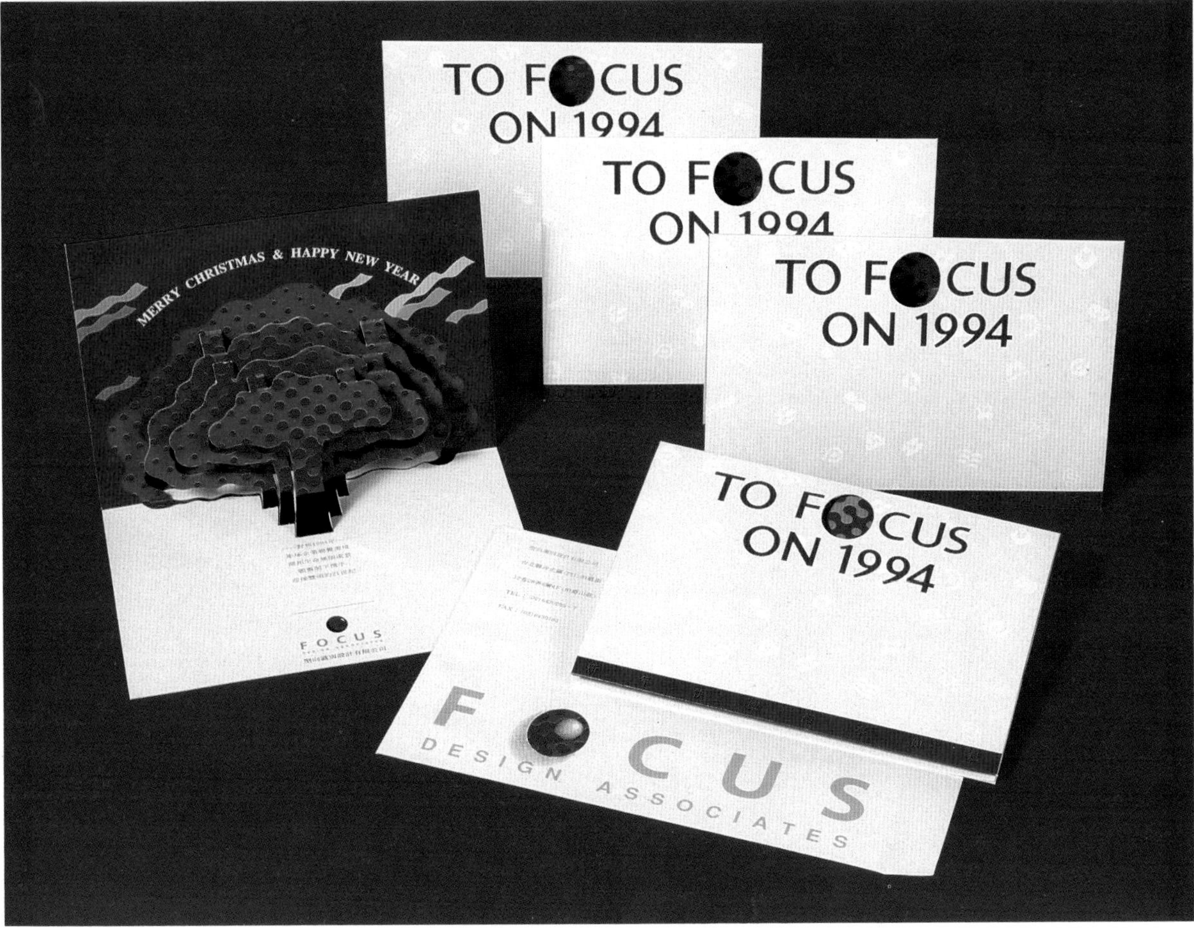

紅方設計公司賀年卡
CD 樊哲賢
AD 樊哲賢
D 樊哲賢
AG 紅方設計有限公司
CL 紅方設計有限公司

型向識別設計公司賀年卡
CD 廖哲夫
AD 張瑞琦
D 張瑞琦
AG 楓格形象設計有限公司
CL 型向識別設計有限公司

工業技術研究院賀年卡
CD 簡正宗
AD 黃主偉
D 胡昌偉
AG 金家設計企業有限公司
CL 工業技術研究院

中友百貨公司賀年卡
CD 林磐聳
D 林磐聳
AG 登泰設計印刷顧問公司
CL 中友百貨公司

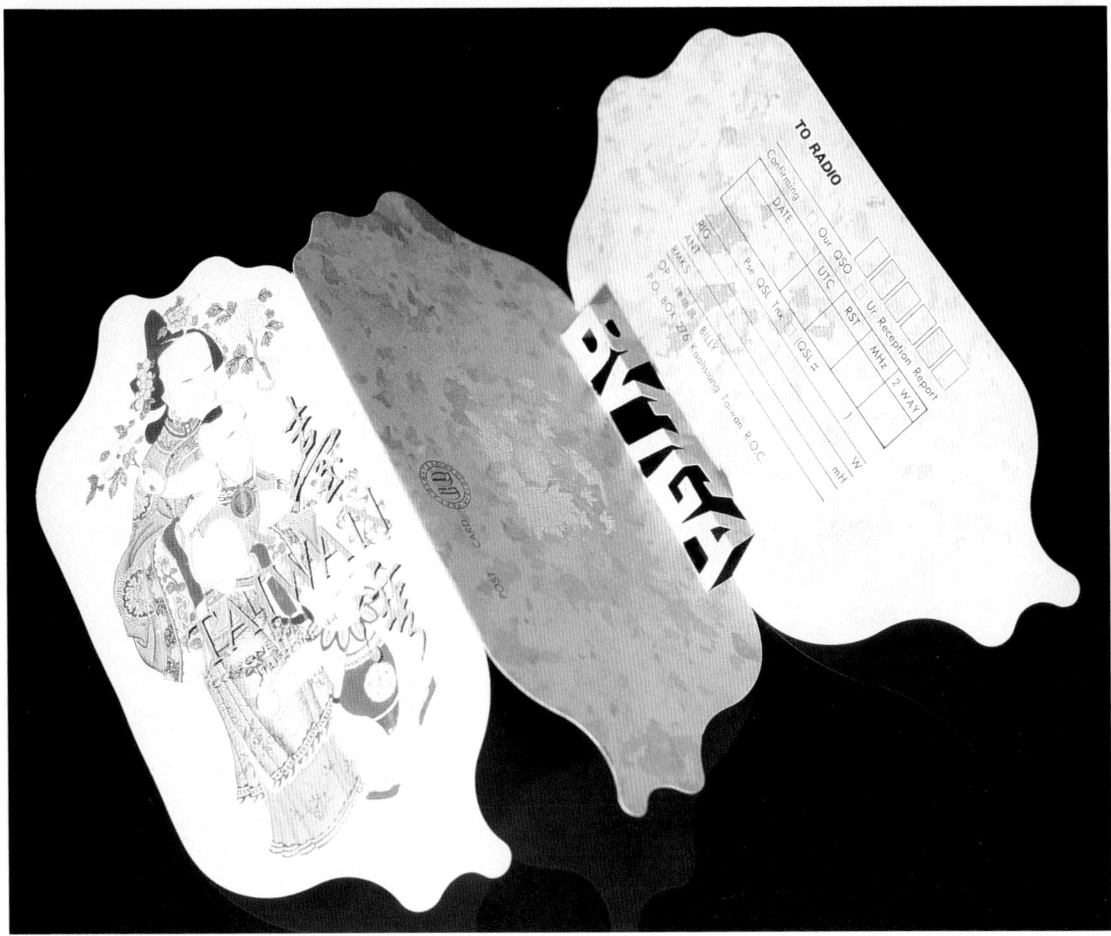

我在形象設計公司賀年卡
AD 林國慶
D 陳秀冠、黃意晴、邱瑞芬
P 楊世勇
AG 我在形象設計公司
CL 我在形象設計公司

問候卡
AD 林國慶
D 黃意晴
P 陳漢元
AG 我在形象設計公司
CL 陳瑞昌

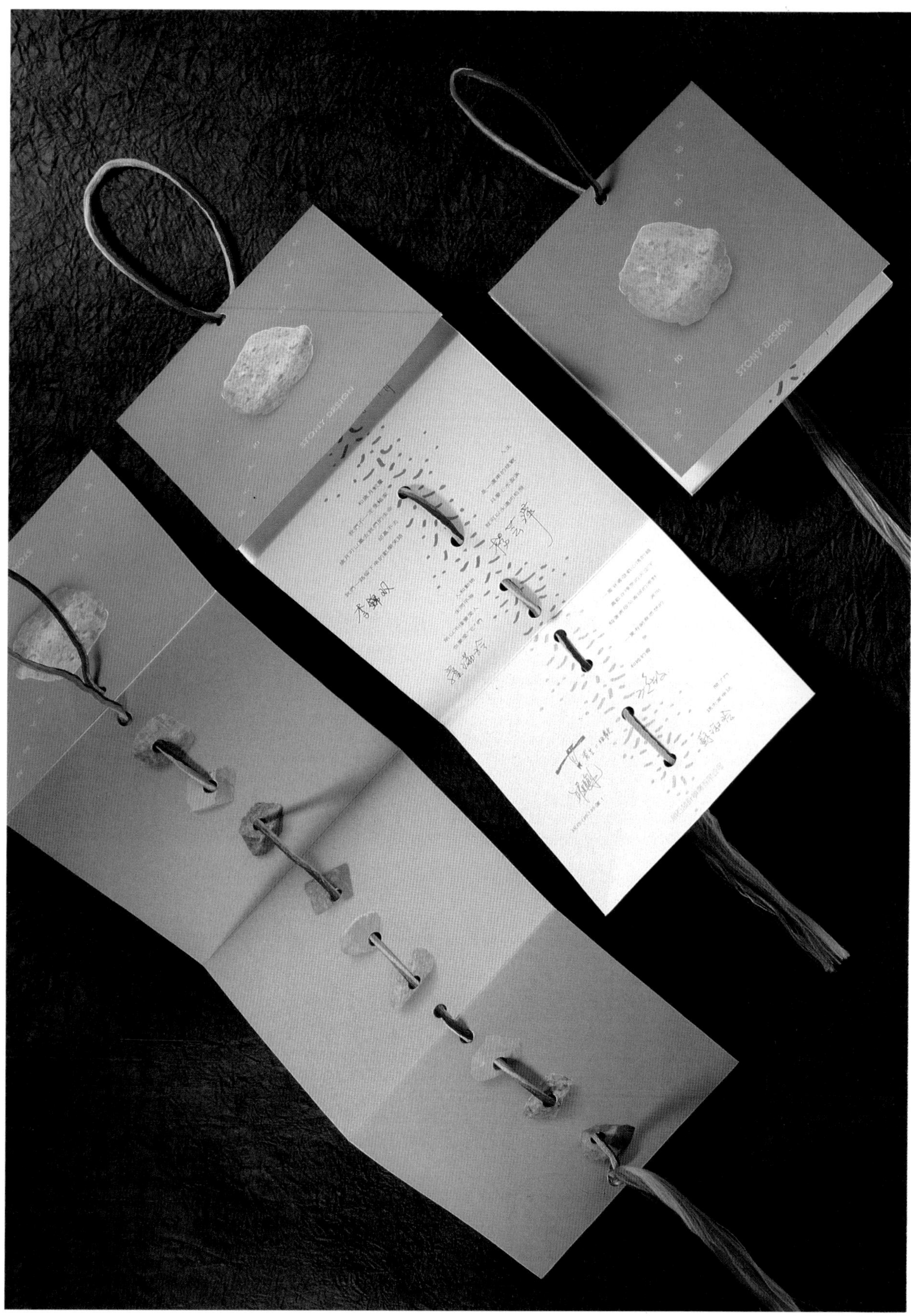

頑石設計公司雞年賀年卡
AD 程湘如
D 傅劍菁
P 李子建
AG 頑石設計事業有限公司
CL 頑石設計事業有限公司
• 中華平面設計協會／平面類Top Star獎

碩石設計旋轉乾坤賀年卡
AD 程湘如
D 吳姿瑤
P 李子建
AG 碩石設計事業有限公司
CL 碩石設計事業有限公司

藝土廣告設計賀年卡
D 吳長勳
AG 藝土廣告設計攝影公司
CL 藝土廣告設計攝影公司

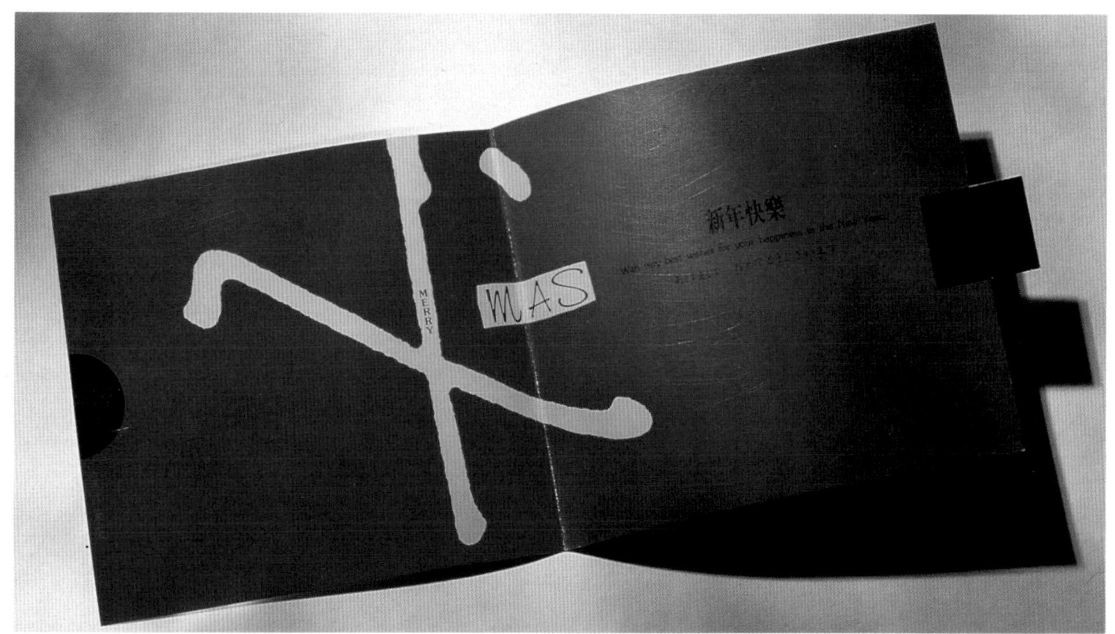

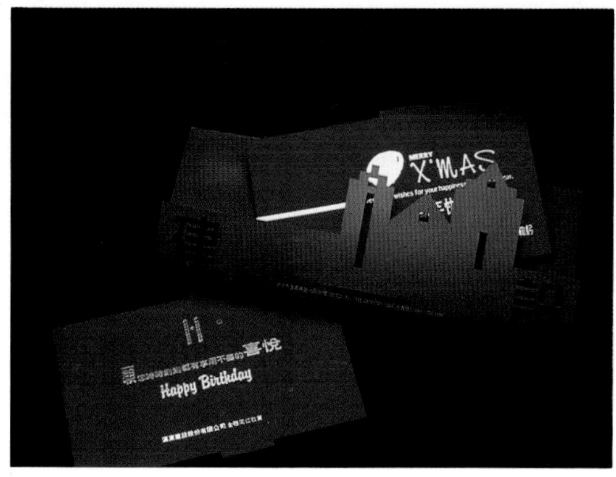

雙向溝通公司賀年卡
CD 劉致堯
AD 李翠玲
D 李翠玲
AG 雙向溝通股份有限公司
CL 雙向溝通股份有限公司

漢東建設生日卡、耶誕卡
D 李翠玲
AG 雙向溝通股份有限公司
CL 漢東建設股份有限公司

喬遷及新年賀卡
D 黃添貴
AG 靜體天心設計工作室
CL 乙華旅行社、靜體天心

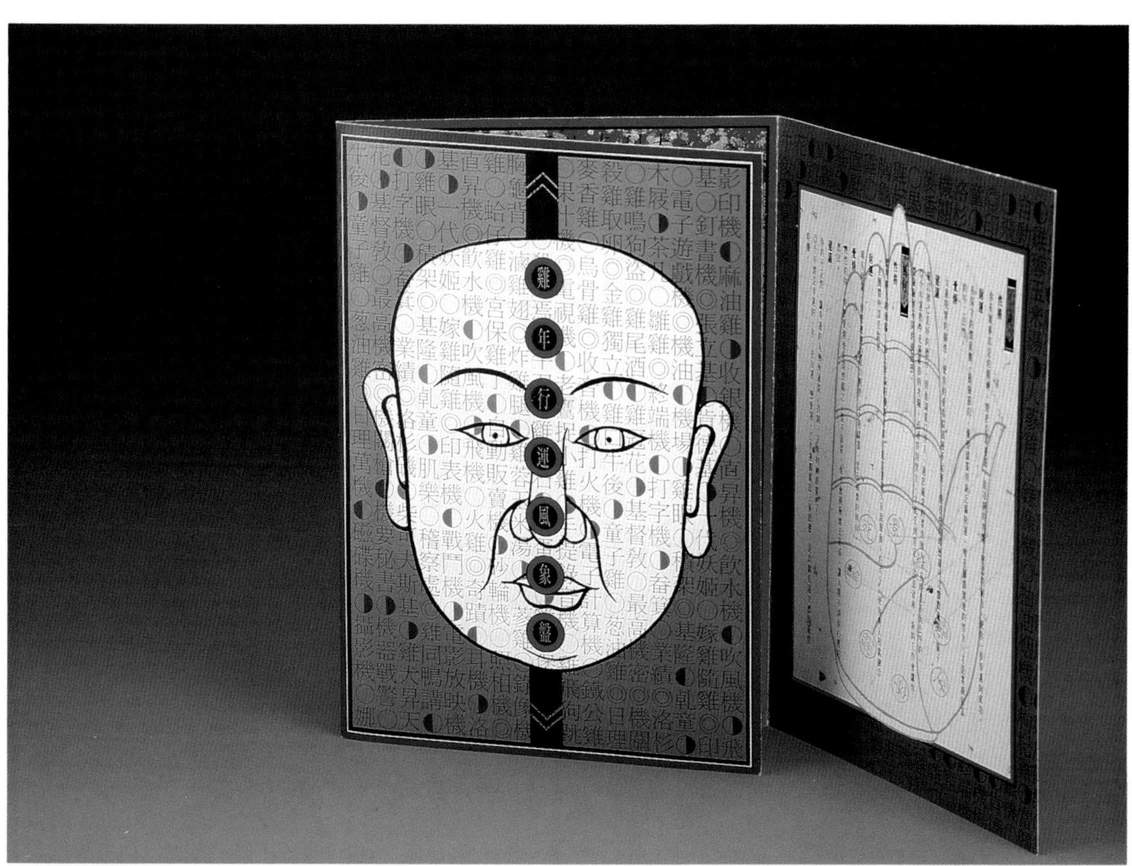

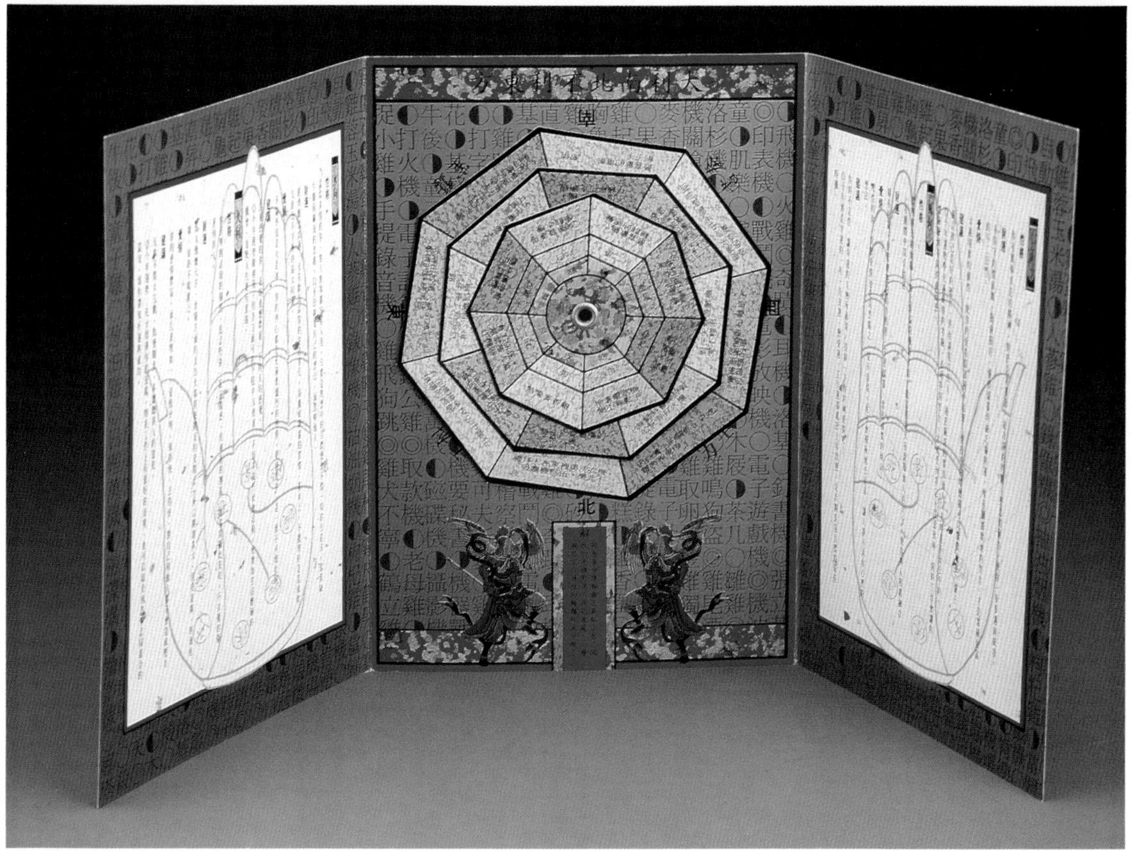

中興百貨公司賀年卡
D　林建宏
AG　中興百貨公司
CL　中興百貨公司

上通廣告公司賀年卡
AD　陳岳榮
D　陳岳榮
I　陳岳榮
C　陳春慧
AG　上通廣告股份有限公司
CL　上通廣告股份有限公司

山羚設計公司賀年卡
CD　馬東光
D　馬東光
AG　山羚設計有限公司
CL　山羚設計有限公司

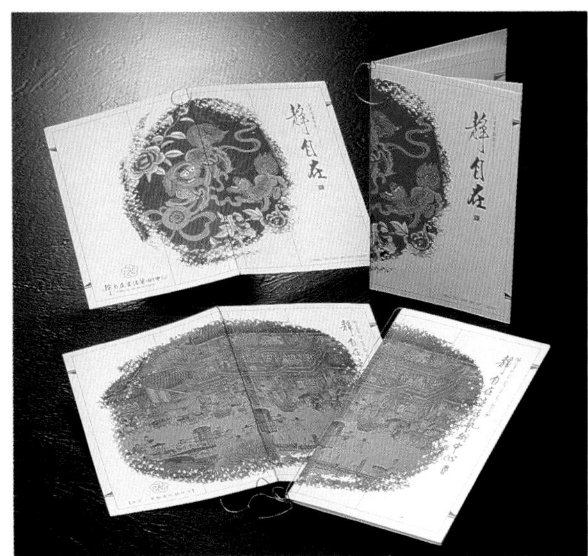

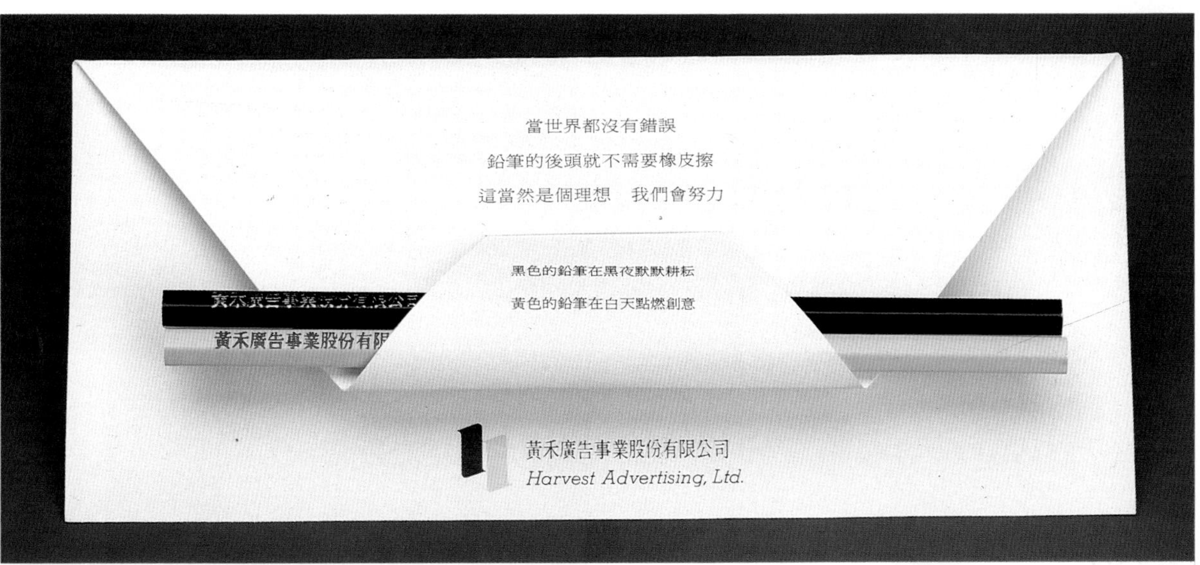

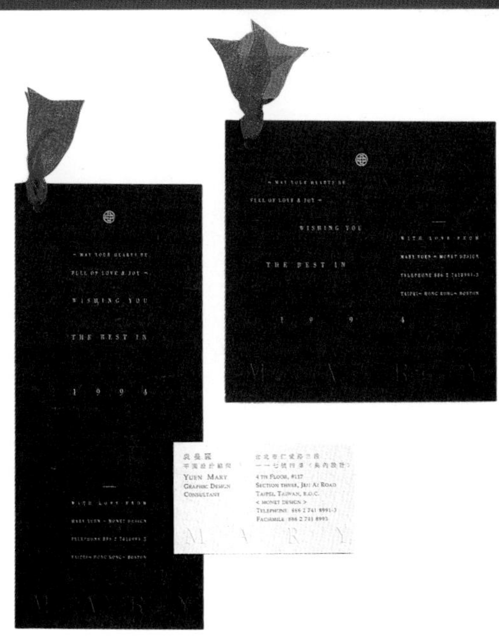

高岡屋企業賀年卡
CD　柯鴻圖
D　周郁芳
I　柯鴻圖
C　張之灣
AG　竹本堂文化事業(股)
CL　高岡屋企業(股)

静自在生活藝術中心賀年卡
CD　林宏澤
D　林宏澤
P　陳義文
AG　翰堂廣告事業有限公司
CL　静自在生活藝術中心

黃禾廣告公司賀年卡
CD　何清輝
AD　商耀元
D　商耀元
C　莊靜雯
AG　黃禾廣告事業(股)
CL　黃禾廣告事業(股)

郵政博物館新春賀歲明信片
CD　胡澤民
AD　胡澤民
D　胡澤民
AG　輔大胡澤民工作研究室
CL　郵政博物館

莫內設計公司賀年卡
D　袁曼麗
AG　莫內設計事業有限公司
CL　莫內設計事業有限公司

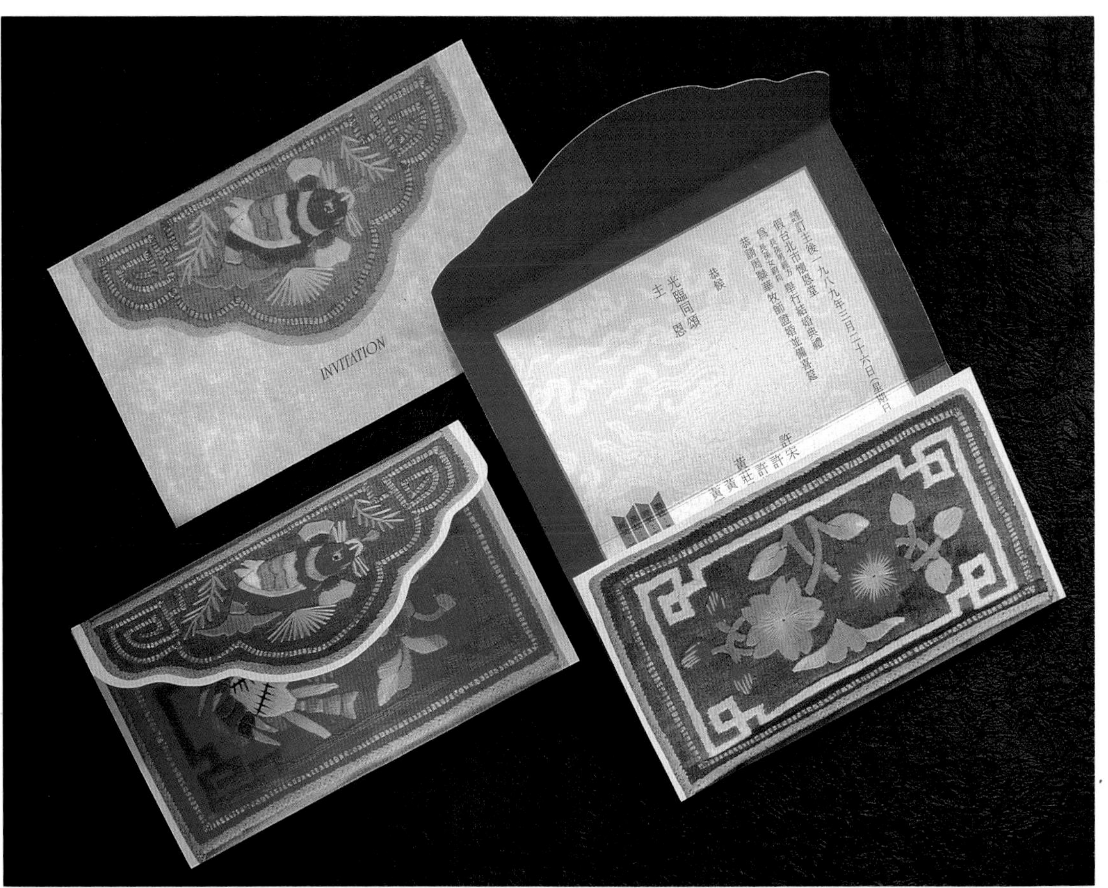

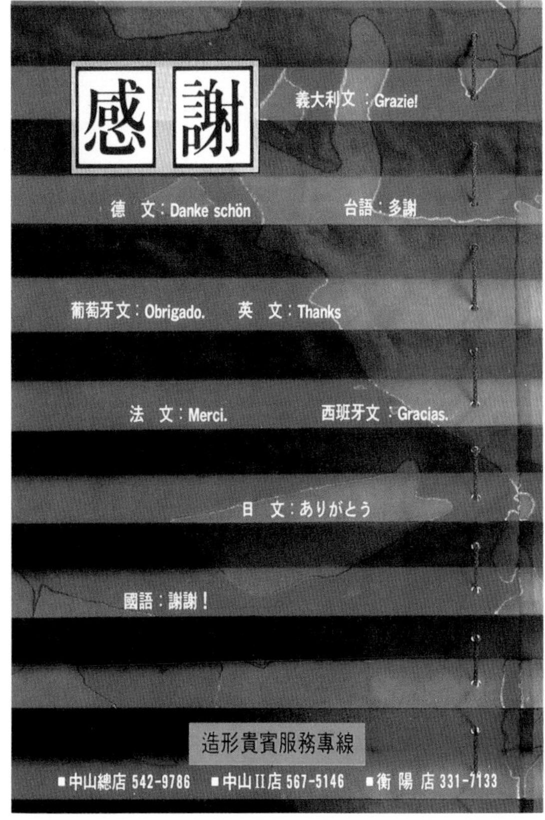

許經方、黃蔚莉結婚喜帖
CD 程湘如
AD 程湘如
D 程湘如
P 李子建
AG 頑石設計事業有限公司
CL 小石間民藝文物之家

中國石油生日卡
CD 譚嘉蓉
D 蔡曉甄
AG 蘇瓦視覺設計事務所
CL 中國石油股份有限公司

造合企業感謝卡
CD 李政憲
AD 陳賜燕
D 陳賜燕
C 李政憲
AG 博引廣告有限公司
CL 造合企業有限公司

王炳南、董瑞瑾結婚喜帖
D　王炳南
I　王炳南
C　董瑞瑾
AG　歐普設計有限公司

陳欽、范欽慧結婚喜帖
CD　陳永基
AD　陳永基
D　陳永基
I　陳永基、唐聲威、王嘉惠
C　陳永基
AG　陳永基設計有限公司

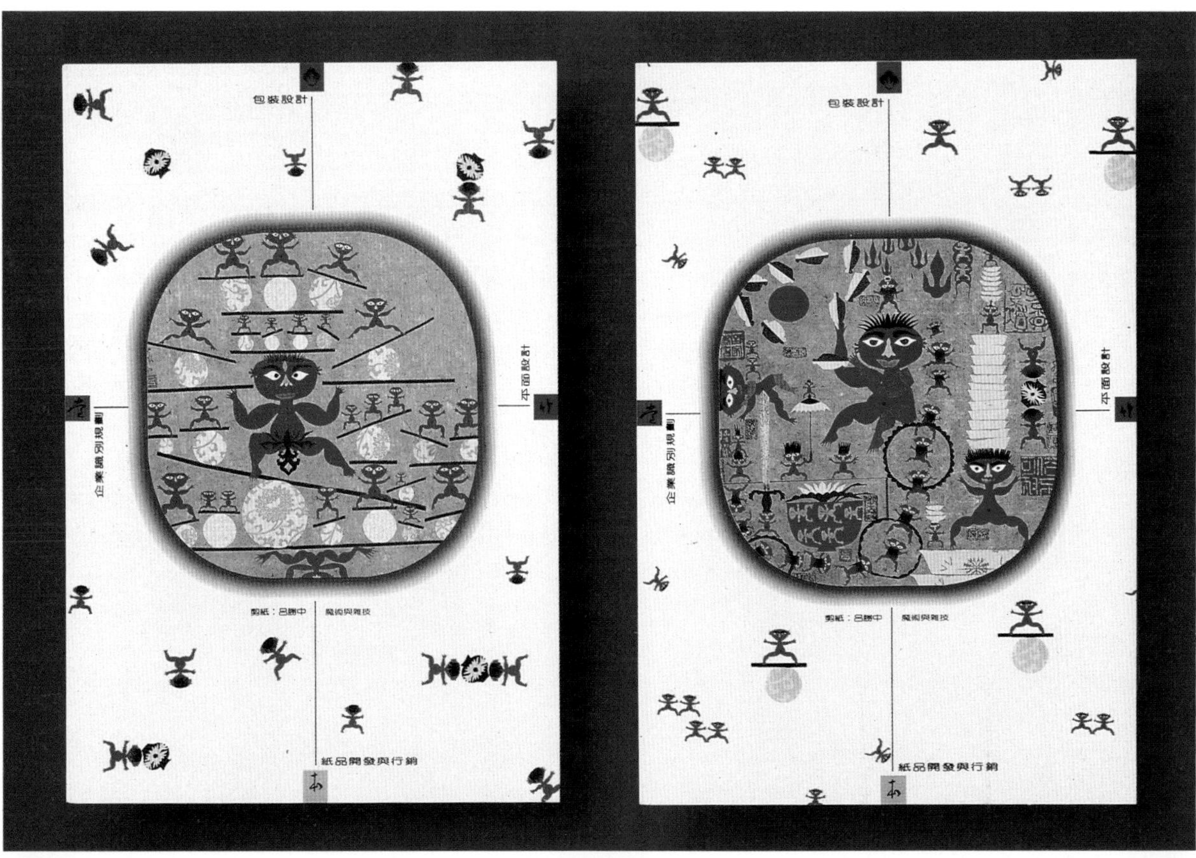

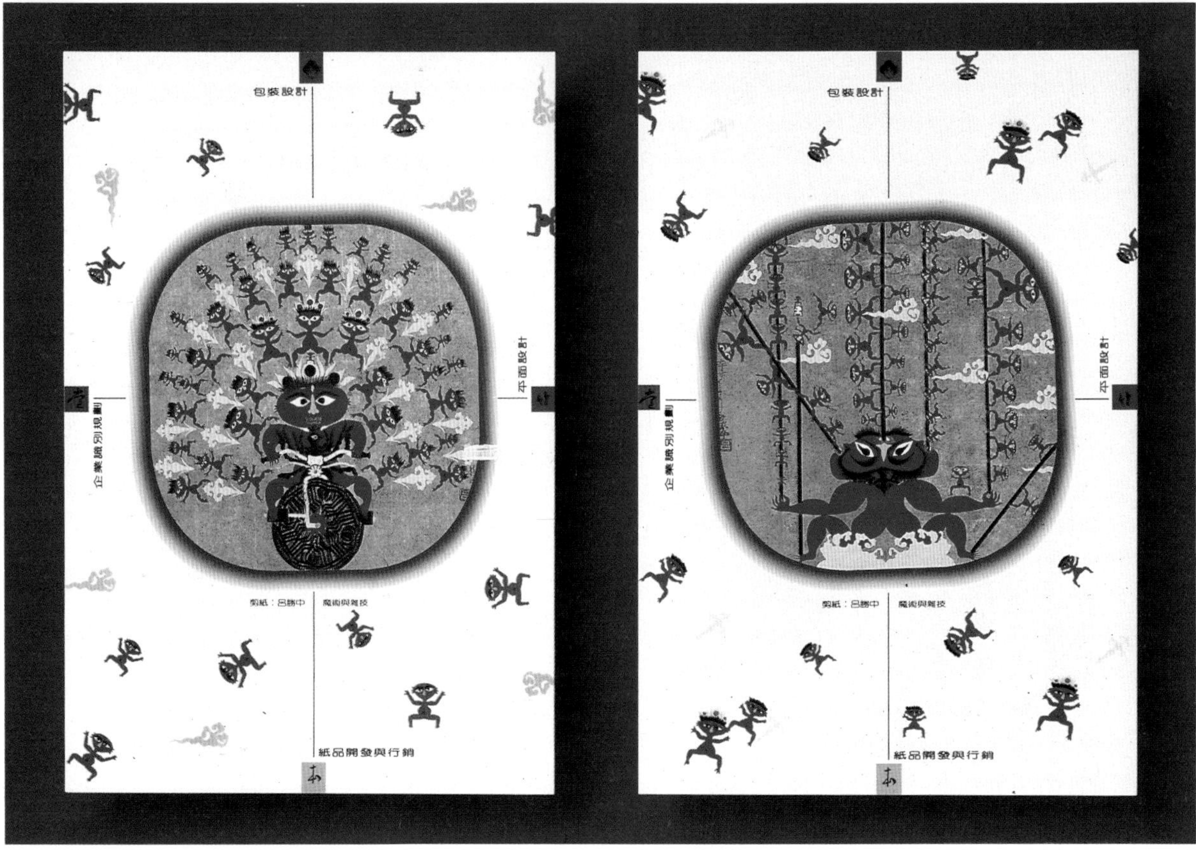

竹本堂文化事業邀請卡
CD 柯鴻圖
AD 余皓麗
D 余皓麗
AG 竹本堂文化事業(股)
CL 竹本堂文化事業(股)
• 中華平面設計協會／平面類Top Star獎

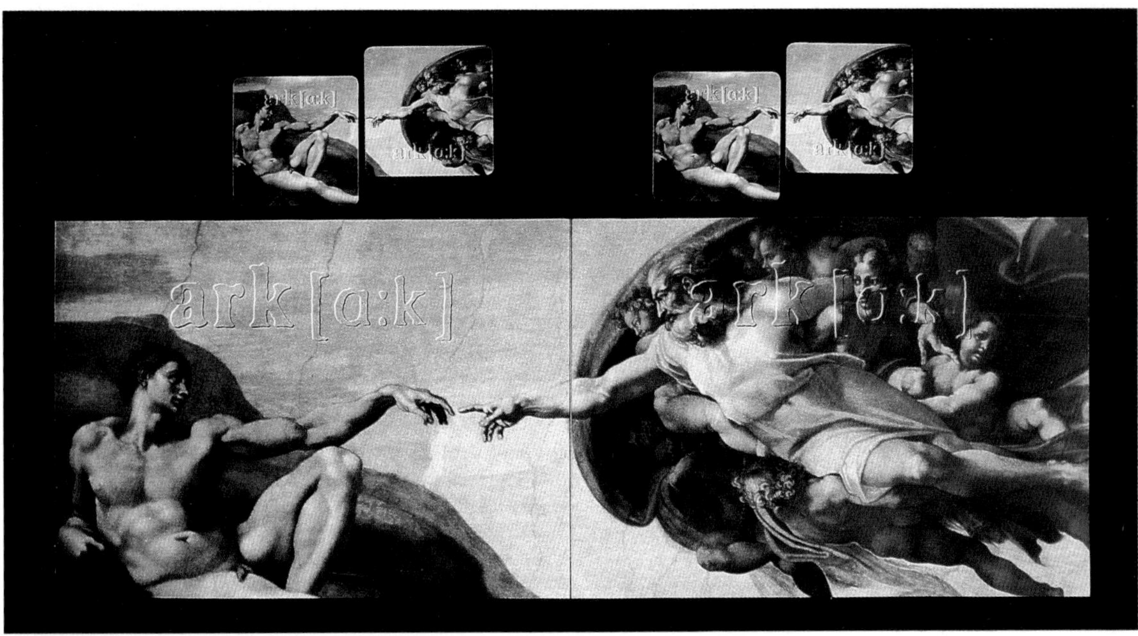

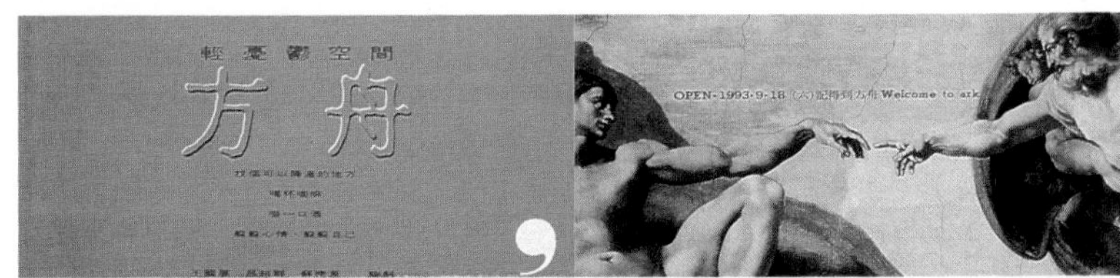

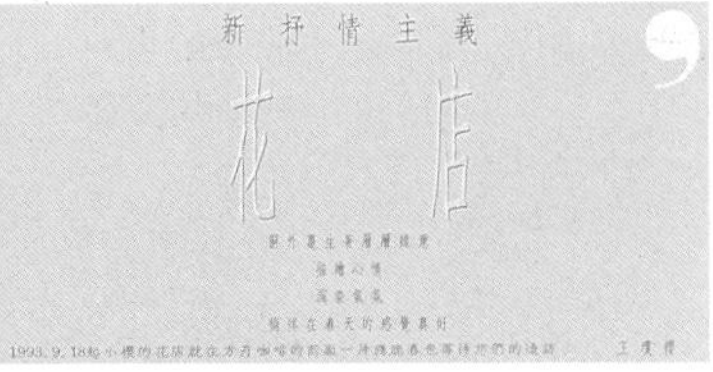

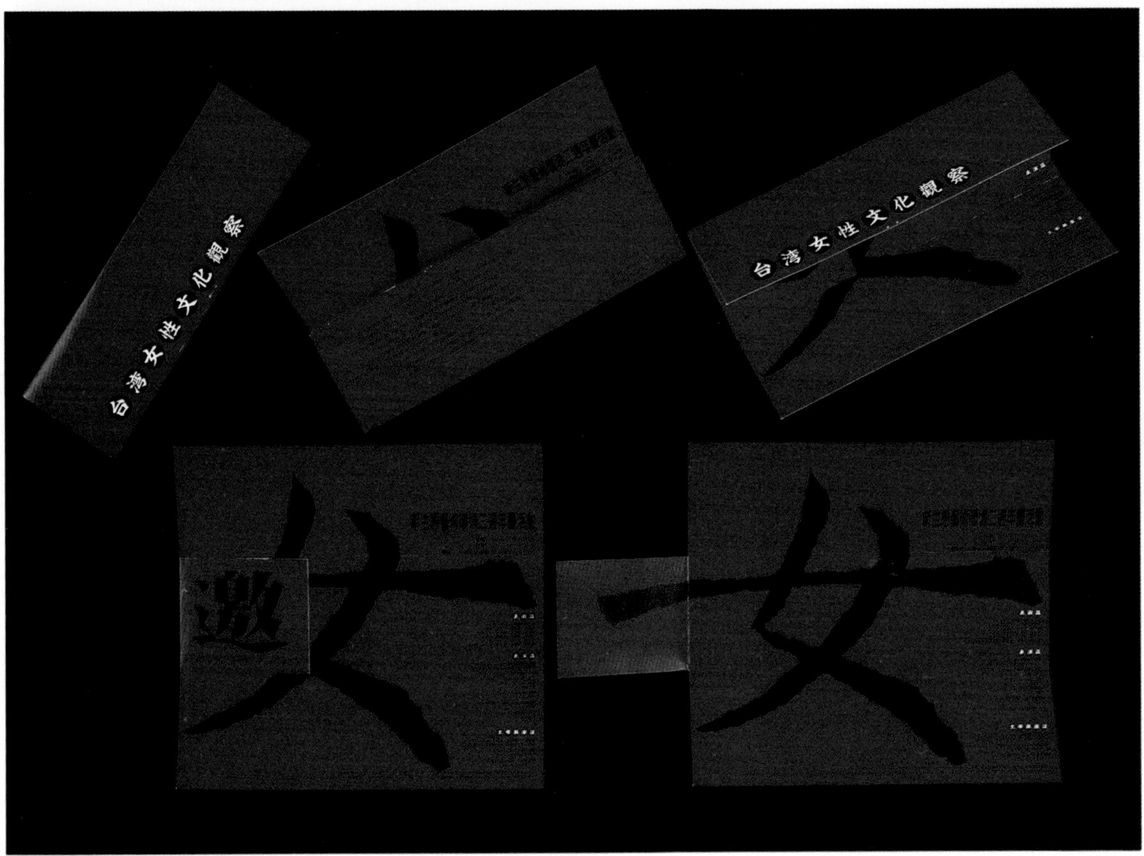

方舟咖啡、花店開幕請柬
CD 蘇建源
AD 蘇建源
D 蘇建源
AG 新生態藝術環境公司
CL 方舟咖啡、花店

新生態2週年慶活動請柬
CD 蘇建源
AD 蘇建源
D 蘇建源
AG 新生態藝術環境公司
CL 新生態藝術環境公司

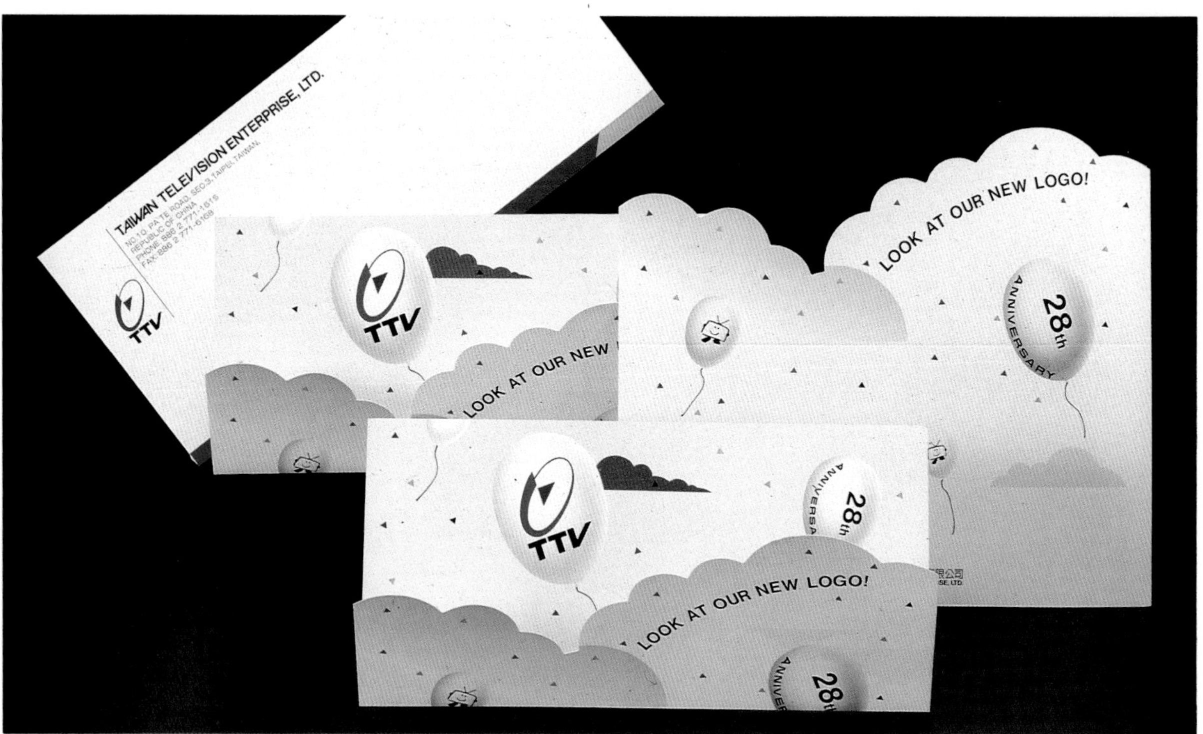

台視公司28週年慶請柬
CD 王炳南
D 王炳南
I 王炳南
AG 歐普設計有限公司
CL 台灣電視股份有限公司

422 423
資生堂彩粧發表會請柬
D　莊千慧
C　新世紀・資生堂企劃部
AG　新世紀文化傳播機構
CL　台灣資生堂(股)

金池塘、金巧思請柬
AD　林勝聰
D　林勝聰
P　千普攝影公司
C　賴明珠
AG　林勝聰視覺設計所
CL　金石堂文化廣場

荷蘭皇家管弦樂演奏會請柬
CD 陳永基
AD 陳永基
D 陳永基、唐聲威
AG 陳永基設計有限公司
CL 荷商荷興銀行

亞商公司搬家通知卡
CD 洪宏仁
AD 商耀元
D 商耀元
C 侯淑儀
AG 黃禾廣告事業(股)
CL 亞商股份有限公司

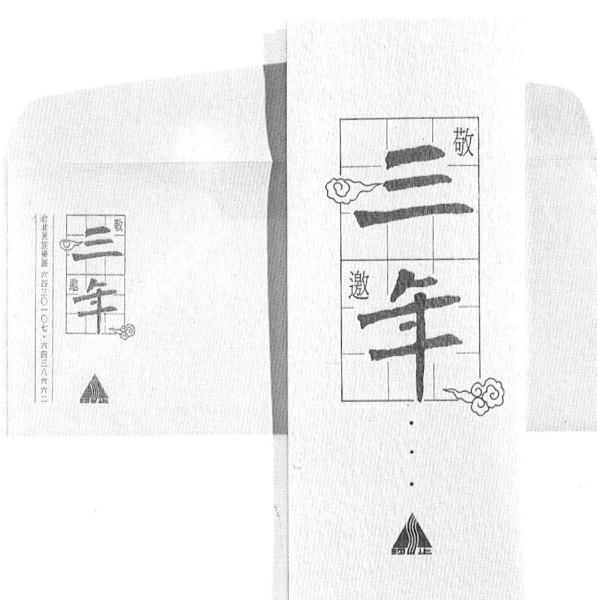

亞商公司折扣優惠卡
D 江明樹
C 莊靜雯
AG 黃禾廣告事業(股)
CL 亞商股份有限公司

鄭志仁自覺攝影展明信卡
CD 陳俊良
AD 陳俊良
D 陳俊良
P 鄭志仁
C 陳俊良
AG 自由落體股份有限公司

美國Honda活動文宣
AD 劉家珍
D 劉家珍
AG Visual Mix
CL 美國本田汽車公司

汐止鎮公所敬邀三年請柬
D 袁曼麗
AG 莫內設計事業有限公司
CL 汐止鎮公所

喜學園畢業典禮請柬
D 黃添貴
AG 靜體天心設計工作室
CL 喜學園語文才藝中心

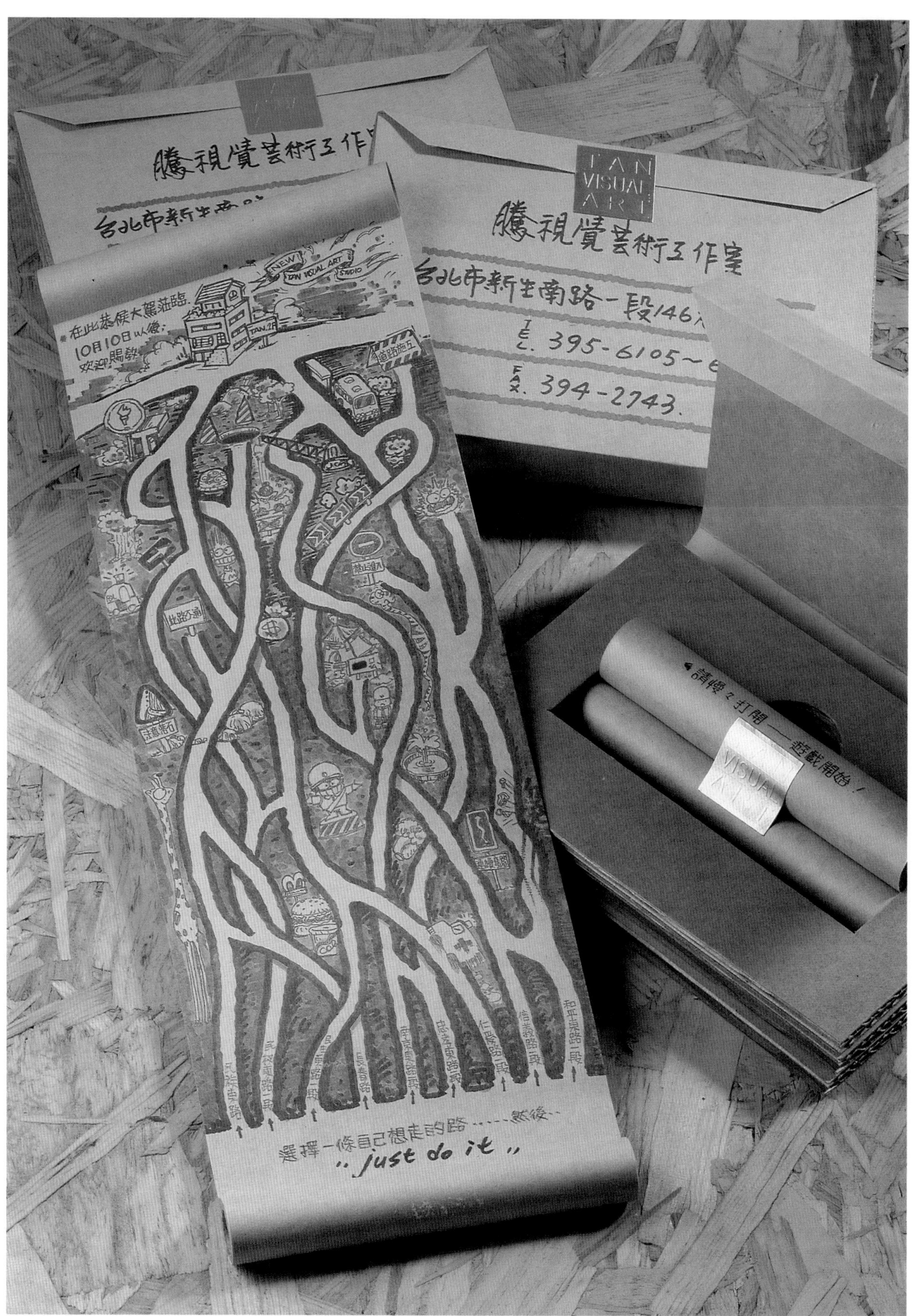

騰視覺藝術遷移啓事
CD 巫永堅
D 黃丞偉
I 黃丞偉
AG 意博恩騰廣告有限公司
CL 騰視覺藝術廣告公司

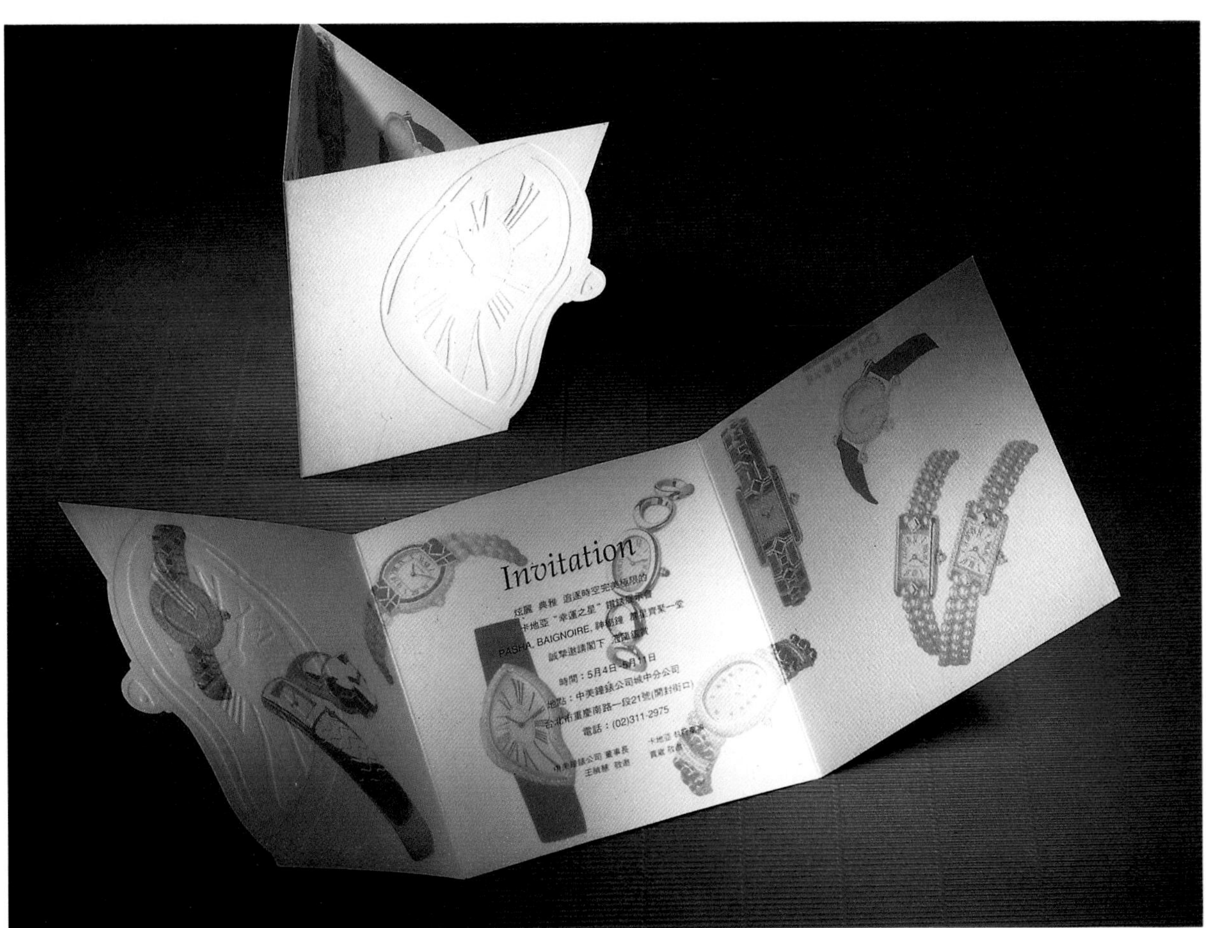

幸運之星鑽錶展示會請柬
PL　郭雅文
CD　郭雅玲
AD　郭雅玲
D　郭雅玲
AG　緻感設計工作室
CL　港商卡地亞台灣分公司

藍色夏威夷西餐廳店卡
CD　王炳南
D　王炳南
AG　歐普設計有限公司
CL　藍色夏威夷西餐廳

Calendars, Others

曆表 其他

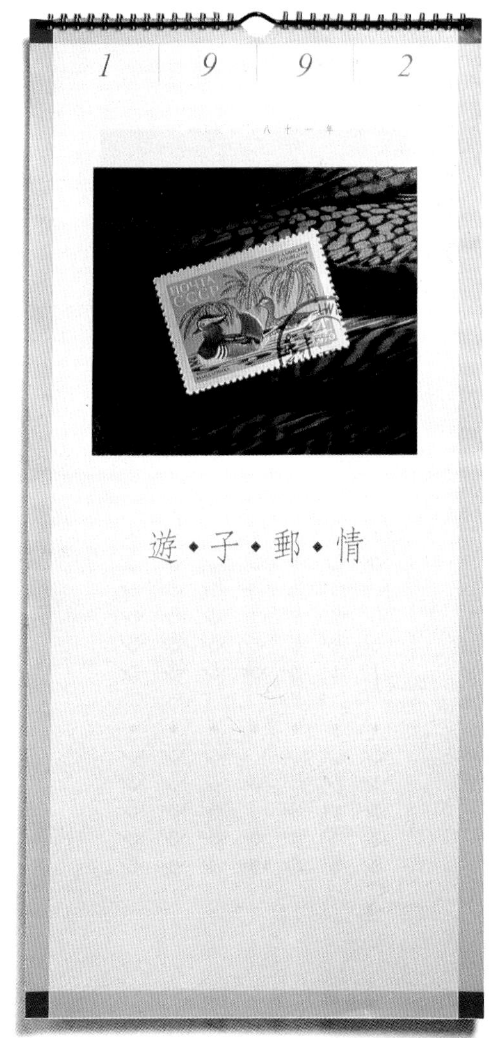

遊子郵情月曆、桌曆、記事本
AD　程湘如
D　程湘如
P　李子建
AG　禎石設計事業有限公司
CL　人人紙品公司
• 1992第1屆平面設計在中國展／其他類入選

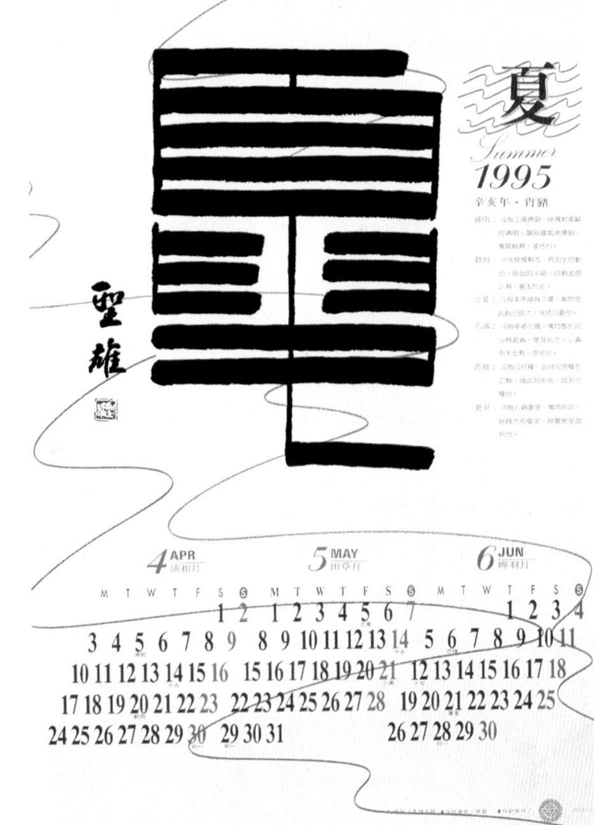

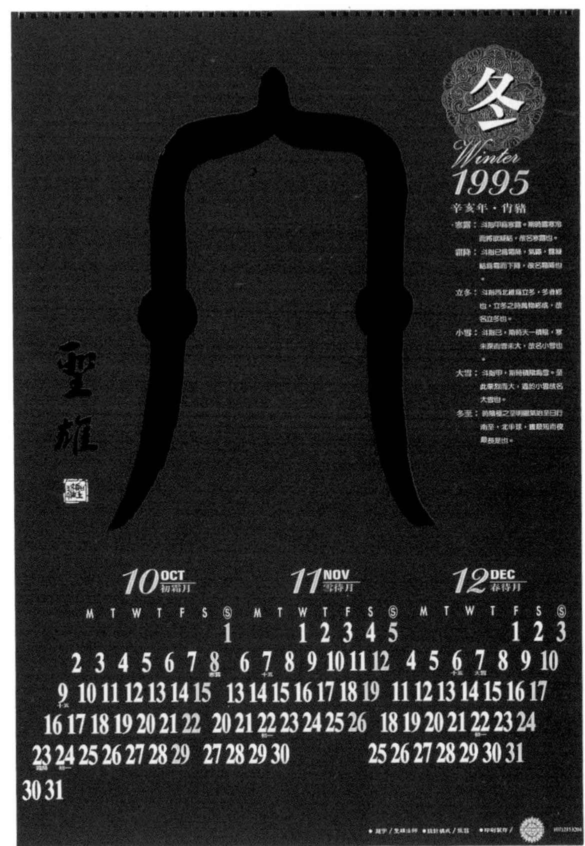

四季雅集月曆
CD 張翦
AD 張翦
D 陳小芬
I 邱忠均
AG 縱橫家廣告有限公司
CL 群鹿設計公司

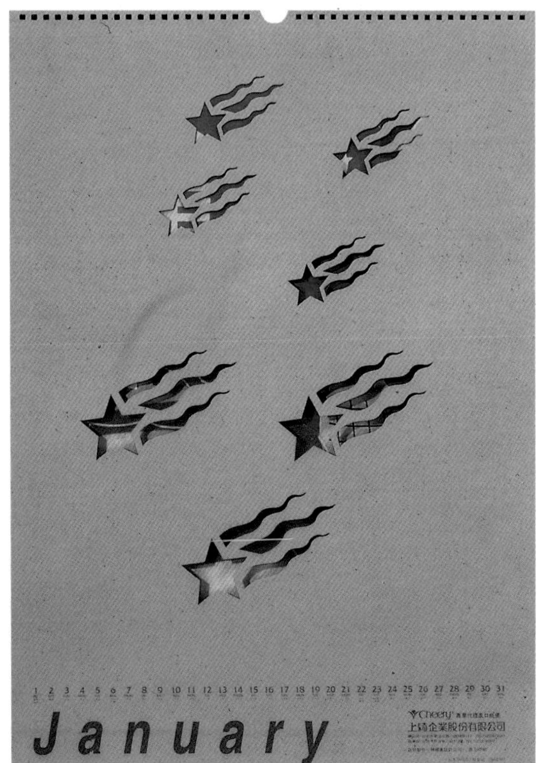

上綺企業月曆
CD 蘇宗雄
AD 蘇宗雄
D 蘇宗雄
I 黃上蕙
AG 檸檬黃設計有限公司
CL 上綺企業股份有限公司

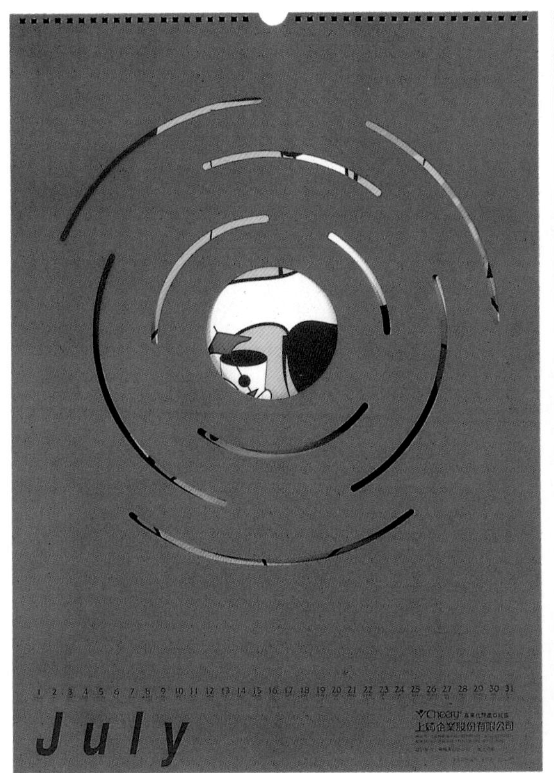
1 2 3 4 5 6 7 8 9 10 11 12 13 14 15 16 17 18 19 20 21 22 23 24 25 26 27 28 29 30 31
July
Cheery
上锜企業股份有限公司

8
August
Cheery
上锜企業股份有限公司

1 2 3 4 5 6 7 8 9 10 11 12 13 14 15 16 17 18 19 20 21 22 23 24 25 26 27 28 29 30
September
Cheery
上锜企業股份有限公司

10
October
Cheery
上锜企業股份有限公司

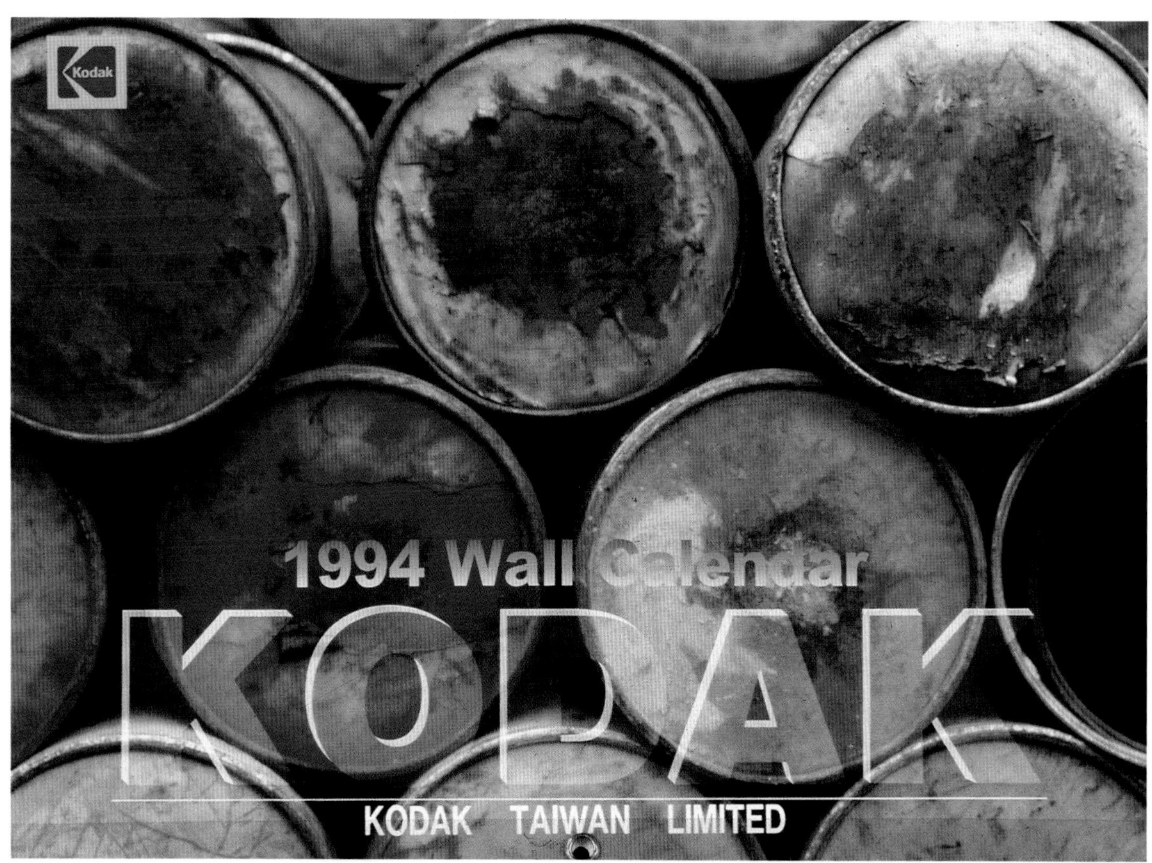

5 1994 May

May

1	2	3	4	5	6	7
8	9	10	11	12	13	14
15	16	17	18	19	20	21
22	23	24	25	26	27	28
29	30	31				

台灣柯達股份有限公司 KODAK TAIWAN LIMITED

7 1994 July

July

					1	2
3	4	5	6	7	8	9
10	11	12	13	14	15	16
17	18	19	20	21	22	23
24/31	25	26	27	28	29	30

台灣柯達股份有限公司 KODAK TAIWAN LIMITED

台灣柯達公司月曆
CD 詹雅惠
AD 曹之龍
D 曹之龍
I 曹之龍
C 林麗慧
AG 神農廣告股份有限公司
CL 台灣柯達股份有限公司

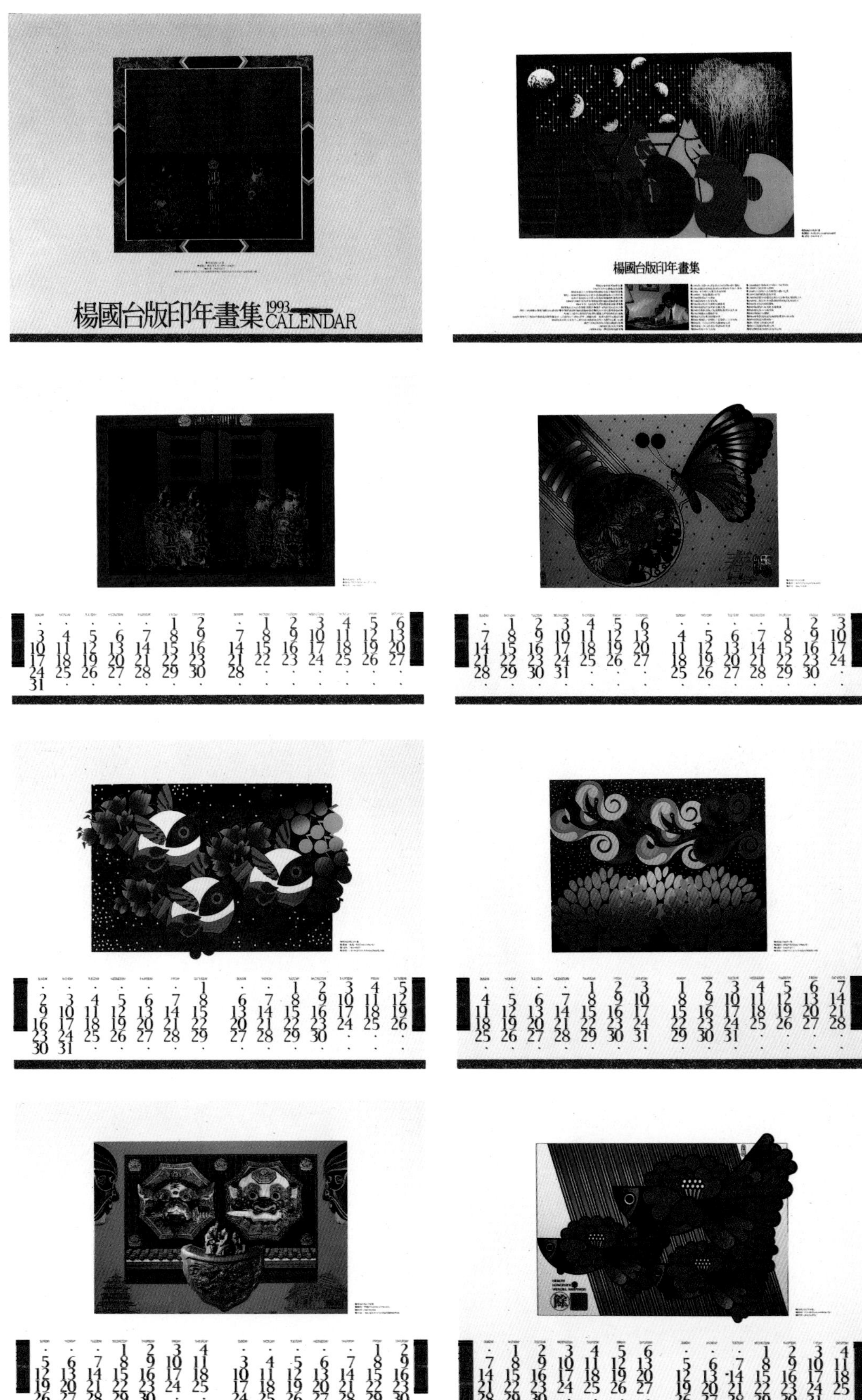

楊國台版印年畫集月曆
CD 楊國台
AD 楊國台
D 楊國台
I 楊國台
AG 統領廣告公司
• 1993南瀛獎暨第7屆南瀛美展佳作獎

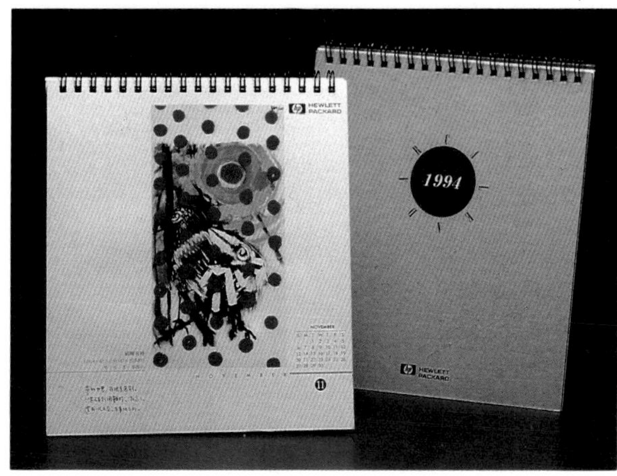

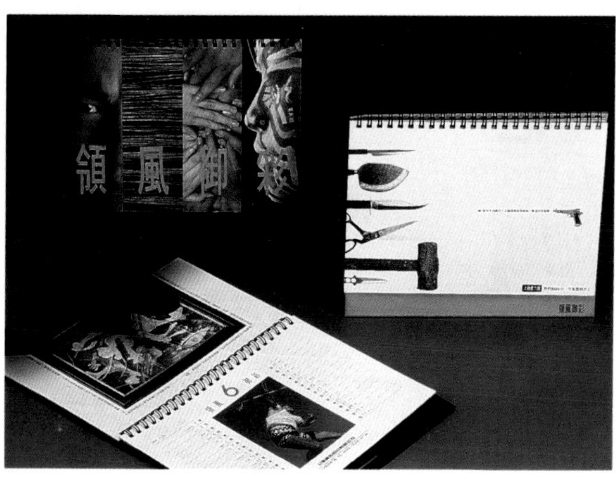

惠普科技公司桌曆
CD 陳俊良
AD 陳俊良
D 陳俊良
C 呂秀蘭
AG 自由落體股份有限公司
CL 惠普科技股份有限公司

上棚廣告領風御彩桌曆
CD 李宗穎
AD 林正
D 陳勁翰
AG 上棚廣告股份有限公司
CL 上棚廣告股份有限公司
• 1992第1屆平面設計在中國展／其他類入選

邱忠均版畫月曆
CD 張翳
AD 張翳
D 陳小芬
I 聖雄法師
AG 縱橫家廣告有限公司
CL 群鹿設計公司

如意集桌曆
CD 張翳
AD 張翳
D 陳小芬
I 聖雄法師
AG 縱橫家廣告有限公司
CL 群鹿設計公司

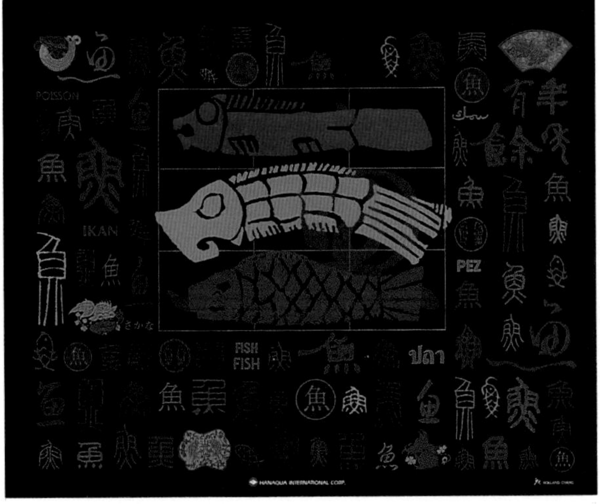

台灣蔬菜月曆
CD 朱立祺
AD 朱立祺
D 朱立祺
P 謝大欽、朱立祺、謝秀惠
AG 立奇設計工作室
CL 省農業合作社聯合社

永豐餘月曆
CD 柯鴻圖
AD 余皓麗
D 余皓麗
AG 竹本堂文化事業(股)
CL 永豐餘股份有限公司

漢洋國際年年有餘月曆
CD 張正成
AD 張正成
D 張正成
AG 傑昇設計資訊(股)
CL 漢洋國際股份有限公司

Pan Fashion公司月曆
CD 夏祖明
AD 夏祖明
D 夏祖明
I 老夫
AG 宏夏平面設計公司
CL Pan Fashion公司

三陽汽車展示間POP
CD 蘇宗雄
AD 蘇宗雄
D 蘇宗雄
I 蘇宗雄、黃上蕙
AG 檸檬黃設計有限公司
CL 南陽實業股份有限公司

Absolut Vodka洋酒POP
CD 劉福祥
AD 劉福祥
D 張慕舉
AG 藝蜀設計有限公司
CL 怡豐洋酒有限公司

人頭馬洋酒POP
CD 吳錦江、周慧敏
AD 林昆標
D 林昆標
P 陳樹新
AG 米開蘭創意設計公司
CL 人頭馬匯東洋酒(股)

柯達1993父親節Display
CD 詹雅惠
AD 曹之龍
D 曹之龍
I 曹之龍
C 林麗慧
AG 神農廣告股份有限公司
CL 台灣柯達股份有限公司

東京小城Menu
CD 潘春美
AD 潘春美
D 潘春美
AG 海峯廣告設計有限公司
CL 東京小城Pub

華王大飯店Menu
CD 潘春美、鄭如吟
AD 潘春美、鄭如吟
D 蔣海峯
I 鄭如吟
AG 海峯廣告設計有限公司
CL 華王大飯店

阿諾瑪咖啡廳Menu
CD 張瑜芳
AD 張瑜芳
D 張詠萱
AG 圜工作室
CL 阿諾瑪咖啡廳

菁山魚產飼料貼標
D 吳長勳
I 吳長勳
AG 藝土廣告設計攝影公司
CL 菁山飼料股份有限公司

御書坊餐廳Menu
AD 陳昭明
D 陳靜妙
AG 愛商廣告事業有限公司
CL 御書坊餐廳

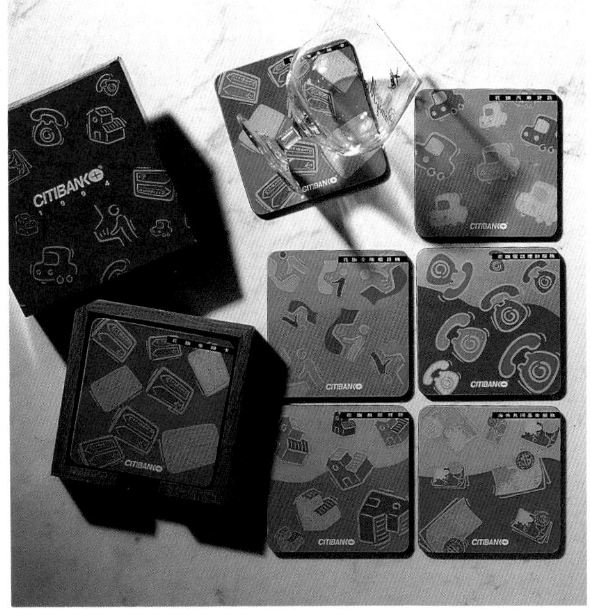

夏虞國際企業文鎮
D　黃威騰、郭雅玲
AG　奧美視覺管理顧問(股)
CL　夏虞國際企業有限公司

花旗銀行杯墊
CD　吳錦江、周慧敏
AD　林昆標
D　林昆標
I　陳政守
AG　米開蘭創意設計公司
CL　花旗銀行

親善天使賞鳥營抽獎問卷
CD　張聰榮
AD　關有仁
D　關有仁
I　關有仁
C　許明堯
AG　台灣廣告股份有限公司
CL　和泰汽車股份有限公司

滾石理查克萊德門T恤
CD　Wudi
AD　鄭筱芬
D　鄭筱芬
AG　吳的設計工作室
CL　滾石唱片股份有限公司

滾石獅子王T恤
CD　Wudi
AD　鄭筱芬
D　陳麗秋
AG　吳的設計工作室
CL　滾石唱片股份有限公司